Erika Veld
Klein, still & weiß

Erika Veld

# Klein, still & weiß

Roman

Aus dem Niederländischen
von Rosi Wiegmann

Deuticke

*für Eva*

Ich habe mich mit Mühe selbst geschaffen

*Hans Lodeizen*

# 1

Ich putze bei meinem Vater die Fenster.

»Blödsinn, wo ich sowieso nichts mehr sehe«, brummt er, eine Kippe in der Hand. Er sitzt in der Sofaecke zwischen mindestens zwanzig Plüschteddys. Argwöhnisch beobachtet er, wie ich eine Spinne wegbugsiere. Auf dem Fensterbrett steht der weiß ausgeschlagene Topf mit der anderthalb Meter hohen Sansevieria. Dahinter ertrinkt die nächste Spinne in einer Seifenlache. Das merkt er zum Glück nicht.

»Hab' ich dir das Geld schon gegeben?«

»Ja, Pa.«

Hundert Gulden für die Reise und hundert für die Fenster. Als Gegenleistung balanciere ich auf einer wackligen Küchenleiter. In der überfüllten Stube oder draußen zwischen den stachligen Sträuchern finde ich kaum einen Platz für sie. Beim ersten Mal, vor einem halben Jahr, bekam ich pro Fenster hundert Gulden. Damals mußte ich einen Topfkratzer nehmen.

Evelien bezieht oben sein Bett. Wieviel wird er ihr wohl geben? Manchmal ist er ziemlich knausrig. Dann teilt er wieder mit großer Geste Zehnguldenscheine aus. Nanu Pa, wie schön Pa, dankeschön Pa! So war er schon immer. Wenn man als Kind zehn Cent für ein Eis verlangte, dann fauchte er, das werde ihn noch an den Bettelstab bringen, aber am nächsten Tag kriegte man Rollschuhe. Einfach so.

»Hab' ich dir das Geld schon gegeben?«

»Ja, Pa.«

Die Scheine sprengen fast sein Portemonnaie in der Hosentasche. Mir geht's nicht um das Geld, Pa. Obwohl es natürlich angenehm ist, wenn ich nicht draufzahlen muß.

An seiner Nase hängt ein Tropfen. Er wankt zum Ofen, auf dem ein Taschentuch liegt, schneuzt sich und breitet das Taschentuch wieder auf dem Ofen aus. Später sehe ich, wie er mit den Fingern in die Spüle rotzt, in der ich gerade neues Seifenwasser bereitet habe. Den Schleim wischt er an der Hose ab.

*Wenn ich dir in die Augen schau', kommen mir die Tränen ...* Singend fahre ich draußen mit dem Scheibenwischer über das Fenster. Die Sommersonne macht sofort Streifen, aber das stört mich nicht. Evelien raucht in der Stube eine Zigarette. Sie verbeißt sich das Lachen.

*Deine schönen blauen Augen ... und dein edles schlohweißes Haar ...* Nach Amsterdamer Sitte singe ich laut und schallend.

Ich sehe, wie mein Vater das Portemonnaie aus der Hosentasche zieht und Evelien etwas gibt. Sie kommt alle vierzehn Tage vorbei, um sein Bett, wenn er es überhaupt zuläßt, frisch zu beziehen und die schmutzige Wäsche zu holen.

»Bloß gut, daß kein Rattendreck mehr drin war«, flüstert sie beim Abschied.

Vor den Ratten hatten die Mäuse hausgehalten. Sie nisteten sogar in seinen Jacken an der Garderobe. In einem dieser Dokumentarfilme über verwahrloste alte Männer würde er sich gut machen. Wie schrecklich, der Arme! Hat er denn niemanden, der ihm hilft? Sollen die mitfühlenden Seelen es doch mal versuchen! Denken die etwa, er würde sie über die Schwelle lassen? Einen Tritt in den Arsch würden sie kriegen. Zu Recht, übrigens. Auch wenn er sechsundachtzig ist, es ist immer noch sein Haus. Und wenn er zwischen lauter Zeitungs- und Reklamebergen im Dreck hocken will, dann ist das seine Sache.

Den einen Tag ist er einverstanden, daß man saubermacht, den anderen Tag darf man keinen Finger rühren. Mir ist es schon längst egal. Ich kümmere mich kaum um meinen eigenen Haushalt, warum sollte ich mich dann bei jemand anders abrackern? Evelien ist anderer Meinung. Er ist doch unser Vater!

Jetzt bin ich schon das zweite Mal zum Fensterputzen gekommen. Das ist die einzige angenehme Arbeit, die mir hier einfällt. Hin und wieder, wenn er fast schon eingesponnen ist, komme ich aus Amsterdam und sauge die Spinnweben unter den Tischen und Stühlen weg. Sonst kann sich Evelien nicht mehr hinsetzen. Sie findet alles gruselig, was acht Beine hat und sich schnell fortbewegt. Ich richte das Staubsaugerrohr unbekümmert auf die vom Zigarrenrauch gebräunten Spinnwebgirlanden, die von der Decke herunterhängen. Mein Vater steht daneben und macht Argusaugen. Könnte ja sein, daß so ein kleines Tierchen im Staubsauger landet! Man muß ihm mit biologischen Argumenten kommen: Die staubigen Netze müssen weg, Pa, keine Mücke fliegt da noch rein. Es ist gut für die Spinnen, wenn sie neue Netze weben müssen, das hält sie fit! Die paar Spinnen, die ich trotzdem aufsauge, bemerkt er hoffentlich nicht. Er wird ihnen doch keine Rückennummern verpaßt haben.

In dem verkümmerten Gärtchen hinter dem Haus hat er auf dem Futterplatz gerade einen Körnerberg für die Vögel ausgestreut. Für die Stadt- und Turteltauben, die Krähen und die Stare. Daß es schlecht für die Vögel ist, wenn sie auch im Sommer gefüttert werden, will er nicht einsehen.

»Ja, das macht schon was aus«, murmelt er, als ich mit dem Fenster auch von innen fertig bin und er wieder zwischen den Teddys versinkt. »Jetzt kann ich meine Täubchen wieder sehen. Wann gehst du eigentlich, Sandra?«

Genau wie Evelien prophezeit hat. Er wird unruhig; um halb drei muß er die Enten füttern. Ich habe noch eine Viertelstunde für den Weg zum Bahnhof. Evelien ist schon weg. Ich nehme das Gummiband aus meinem Haar und schüttle die gebleichten Strähnen aus.

»Ich kann dich schnell mit dem Auto bringen.«

»Nein, Pa, ich laufe lieber.«

In seinen Wagen steige ich nicht für viel Geld ein. Dort sieht es aus wie in der Küche: überall klebrige Krusten und verschimmelte Reste. Sie stammen aus der Zeit, als er noch Hunde hatte, und die pflegte er im Auto zu füttern. An den Sitzen klebt eingetrockneter Brotbrei. Jeden Tag bringt er den Enten einen Eimer voll davon. Wenn man unter die angefressenen Schaffelle faßt, die die Sitze bedecken und einem den Hintern wärmen sollen, flattern Mottenschwärme auf. Außerdem fährt er so, daß ich Blut und Wasser schwitze: Bei zwanzig schaltet er schon in den dritten, er vergißt, den Choker zurückzuschieben, hört nicht, wenn der Motor aufheult, und hält wegen jedem Fahrrad an. Der Mann, der da zwischen seinen Teddys sitzt, ist das derselbe, der früher Stadt und Land bereist hat? Hamburg, Antwerpen, Bordeaux, Lissabon. Alle großen Häfen. Der Mann, der elektronische Anlagen für Überseeschiffe entwarf, ein eigenes Unternehmen aufbaute und bis zu 30 Mann Personal beschäftigte? Zittrig erhebt er sich, wischt sich den Tropfen von der Hakennase und streicht sich mit denselben Fingern die lange weiße Mähne aus der Stirn. Ein Komponistenkopf, denke ich. Ich weiß aber nicht, an welchen Komponisten er mich erinnert.

»Hab' ich dir das Geld ...«

»Ja, Pa.«

Als er mich zur Tür bringt, stolpert er über eine der vielen Brücken im Korridor. Einen Kuß verkneife ich mir, seit er vor ein paar Jahren unwirsch den Kopf zur Seite gedreht hat. Wenn er nicht will ... Vorsichtig bahne ich mir einen Weg durch das Brennesseldickicht, in das Evelien voriges Jahr heimlich ein Päckchen Wildblumensamen gestreut hat. Gegen die Brennesseln war aber kein Kraut gewachsen. Soll ich sie nicht rausreißen, Pa? habe ich blöderweise heute nachmittag gefragt. Bist du noch bei Trost? Die Brennesseln haben ein Recht darauf, zu leben, wo sie wollen, genau wie wir.

Am Gartentor hebe ich die Hand und sehe mich um. Er hat die Tür schon hinter sich zugemacht.

Ich helfe meiner Mutter, den Kassettenrecorder funktionstüchtig zu machen; sie will sich noch einmal alle Kassetten anhören, die sie selbst aufgenommen hat. Sie sucht eine bestimmte Stelle aus einem Klavierkonzert von Beethoven. Vielleicht für ihr Begräbnis, denke ich, während ich den Kabelsalat hinter den vielen Geräten zu entwirren versuche, die alle nebeneinander auf einem Brett über dem Klavier im Wintergarten stehen.

»Der Stecker war nicht in der Dose, Ma.«

»Ach so, na ja ...« Ihre braunen Augen mit den weißen Altersrändern starren verdutzt auf die ganzen Apparaturen, denen plötzlich Beethovens Fünfte entweicht. Dadadadaaam ... Sie zupft an den Enden ihres Gürtels herum. Sie ist geschrumpft und reicht mir nur noch bis zur Schulter. Mit ihrem dichten weißen Haar, das sie zu einer Nackenrolle geschlungen hat, von einem Ohr zum anderen, und in ihrem lila Kleid wirkt sie wie eine Dame von Welt, die sich mit milder

Besorgnis fragt, was das Personal wohl jetzt wieder anstellen mag.

Ich nehme den Plattenspieler und schaffe ihn hinauf. Dazu ein Tonbandgerät mit riesigen Bändern. Und ein Radio. Und noch ein Radio, oder ist es ein Verstärker? Wer hat das bloß alles hier hergestellt? Es wird wohl Pa gewesen sein. Pa, der Elektronikfreak. Immer, wenn er sich was Neues anschafft, bringt er ihr das alte. Sie hat nie darum gebeten. Jedesmal mußte sie sich wieder an andere Knöpfe und eine andere Gebrauchsanleitung gewöhnen. Aber nein sagen hat sie nie gut gekonnt.

»Guck mal, Ma, so funktioniert es wieder. Zum Einschalten mußt du diese beiden Tasten drücken und dann ...«

Auf ein Stück Pappe zeichne ich die Vorderansicht der beiden übriggebliebenen Geräte und schreibe dazu, welcher Knopf wofür ist. Ich rücke einen Blumentopf zur Seite und stelle den Karton deutlich sichtbar auf.

»Ich soll dich auch von Pa grüßen. Heute früh war ich bei ihm.«

»Daß ich die nicht wegkriege!« Sie zeigt auf eine wolligweiße Laus, die sich zwischen den Blättern des Oleanders eingenistet hat.

»Hast du gehört, was ich sage? Schöne Grüße von Pa!«

Sie nickt und beugt sich über die Zimmerpflanze, um vertrocknete Blättchen abzuzupfen, die nur in ihrer Vorstellung existieren. »Hat er noch was gesagt?«

»Nein, eigentlich nicht.«

Was soll er denn sagen? Was erwartet sie eigentlich von ihm? Sag deiner Mutter, daß ich sie immer noch liebe?

Ich helfe ihr beim Umtopfen einiger Stöcke. Und ich ziehe mit Pinsel, Seifenlauge und Spiritus gegen die weiße Laus zu Felde, ganz so, wie sie es jahrelang selbst getan hat.

»Ich kann sie nicht mehr richtig erkennen, du hast viel bessere Augen.«

Am späten Nachmittag fühle ich mich wie erschlagen, als hätte ich drei Tage durchgefeiert. Mein Hals ist rauh vom vielen Schreien.

Kurz bevor ich gehe, sehe ich, daß sie ihr Hörgerät nicht trägt.

Zweieinhalb Stunden hin, zweieinhalb Stunden zurück; fünf Stunden habe ich heute im Zug verbracht. Bei dieser Affenhitze.

Ich hatte einen Notizblock dabei, um Geschichten von früher aufzuschreiben. Viele kannte ich natürlich schon, aber ich wollte den genauen Ablauf festhalten. Wie lange bist du eigentlich Leiterin des Kindergartens gewesen, Ma? Oder: Hast du gewußt, daß du die Stelle verlierst, wenn du heiratest? Gerade die kleinen Dinge, die Eltern nicht ohne weiteres preisgeben, die wollte ich wissen. Nachher habe ich keinen mehr, der mir von früher erzählen kann. Von ihrem Früher. Warum hast du sie eigentlich geheiratet, Pa? Und warum warst du danach immer noch hinter den Frauen her? Und die Tochter von diesem Kunden in Marseille, hat die nun ein Kind von dir gekriegt oder nicht?

Der Notizblock blieb in der Tasche. Mein Vater war griesgrämig und in sich gekehrt. Meine Mutter war matt und ein bißchen wirr. Und ich hatte keine Geduld. Es ist schlimm, keine Geduld mit alten Leuten zu haben. Aber diese alten Leute sind meine Eltern, und wieviel Geduld hatten sie früher mit mir? Ob ich es ihnen jetzt heimzahle? Jedenfalls nicht mit Absicht.

Ob ich es noch lerne, das Geduldhaben?

Mitten in der Nacht rief sie an. Ob ich wisse, wo sie ihr Hörgerät hingelegt habe. Sie suche es schon seit einer Woche, sagte sie. Am Telefon schien es ihr nicht zu fehlen. Sie verstand mich, ohne daß ich zu schreien brauchte. Meinen Besuch hatte sie offenbar vergessen.

»Ich war auch bei Pa.«

Prompt fing sie an zu erzählen, daß sie guten Grund gehabt hatte, sich von »diesem Kerl« scheiden zu lassen ... Als hätte sie mich eben erst kennengelernt. Immer dieselbe Litanei, die ich mir seit der Kindheit anhören muß.

Ich habe keine Tochter. Auch keinen Sohn. Ich bin eine Tochter. Ich habe Eltern. Alte. Beide weit über achtzig. Und ich merke ihnen an, wie schwer es ist, Dinge aufzugeben. Dinge, die man früher konnte und jetzt nicht mehr. Es ist unangenehm, Veränderungen zuzulassen. Veränderungen, vor denen man sich fürchtet, weil man nichts mehr ändern möchte. Weil man sich so, wie es ist, gut aufgehoben fühlt. Es muß abscheulich sein, wenn man merkt, wie man langsam abrutscht. Ins Kleine und Leere.

»Ma, warum ziehst du nicht in einen bequemen Neubau oder in eine Seniorenwohnung?«

Evelien und ich haßten das alte Haus. Im Winter eiskalt mit zugigen Fenstern und Türen, kein ordentliches Bad, schlechte Heizung, im Sommer furchtbar heiß ... Das reinste Möbellager, überall stolperte man über Beistelltische.

»Wieso denn, mir geht's hier doch gut? Diesen ganzen Luxus brauche ich nicht. Außerdem kenne ich dieses Haus in- und auswendig. Ich will hier nicht weg!«

»Aber Ma, wenn nun deine Beine nachlassen, wie willst du dann die Treppen schaffen?«

»Ach«, sie rieb sich die Oberschenkel mit den Händen, als ob sie davon gestählt würden, »das werden wir dann schon sehen. Kommt Zeit, kommt Rat.«

Zähneknirschend hörten wir uns das an. Kommt Zeit, kommt Rat.

# 2

Mein Vater war gestürzt. Mit der vollen Einkaufstasche in eine üppige Stiefmütterchenrabatte. Der Besitzer des Restaurants, in dem er seinen täglichen Kaffee trank, benachrichtigte Evelien. Er hatte ihn auch nach Hause gebracht. Pa war nach dem Sturz ganz durcheinander. Evelien rief mich an. Was sie bloß machen solle. Sie habe ihn schon zigmal angerufen, aber er gehe nicht ans Telefon.

»Mein Gott, dann sieh doch nach!«

Für sie sind es nur zwanzig Minuten mit dem Auto. Für mich zweieinhalb Stunden mit dem Zug.

»Oh, du hast dein Auto verliehen. Ja, dann, äh ... Laß mich mal probieren.«

Ich wählte seine Nummer. Er meldete sich. Im Hintergrund dröhnte der Fernseher. »Einen Moment, bitte!«

Es dauerte eine Weile, bis er den Fernseher leiser gestellt hatte. Ich sagte ihm nicht, warum ich anrief, das war mir irgendwie peinlich: mal nachsehen, ob er im Sterben liegt.

»Hallo Sandra, nett, daß du anrufst.« Das klang nicht normal. Viel zu freundlich. Mit gedämpfter Stimme fragte er, wie es mir ginge, und erkundigte sich sogar nach meiner Arbeit. Sehr beunruhigend! Da mußte sich Evelien wohl doch auf den Weg machen. Zum Glück hatte sie einen Hausschlüssel.

»Warte doch, bis Jacco nach Hause kommt. Dann könnt ihr zusammen fahren. Es wird schon kein Notfall sein, aber irgendwas stimmt da nicht!«

Sie konnten ihn kaum wachkriegen. Er saß kerzengerade zwischen den Teddys, einen Berg Asche im Schoß und eine erloschene Kippe vor sich auf dem Fußboden. Er sei frühmorgens die Treppe heruntergefallen, sagte er. Sie munterten ihn ein bißchen auf, und Evelien versprach, am nächsten Morgen mit ihm zum Arzt zu gehen.

Als sie ihn dann abholen sollte, traute sie sich nicht allein ins Haus. Sie nahm eine Freundin mit und ließ ihr den Vortritt. Er lag noch oben in seinem Bett. Er hatte nicht mehr aufstehen können und sich in den Schlafanzug geschissen.

»Er tut mir so leid ...«, flüsterte sie später in den Hörer. Sie hatten ihn angezogen und in die Sofaecke gesetzt. Zwischen die Teddys. »Ab und zu wirkt er wie weggetreten, und dann schaut er einen plötzlich so an ...«. Die Vertretung des Arztes konnte den Patienten erst am Nachmittag um drei besuchen.

Krankenhaus. Neurologie. Zwar konnte er nun wieder ohne Hilfe stehen und herumgehen, am Aufnahmeschalter jedoch machte er sich in die Hose. Ein Arzt untersuchte ihn.

»Herr Wieringa, wissen Sie, welchen Tag wir haben?«

Mein Vater schaute meine Schwester an: »Ist heute Montag, Evelien?«

»Nein, Pa, Sonnabend.«

»Wann sind Sie geboren, Herr Wieringa?«

Er wußte es nicht mehr.

»Was für eine Automarke fahren Sie?«

Er wußte es nicht mehr.

»Welchen Tag haben wir heute?«

»Was soll denn das, das haben Sie mich doch gerade gefragt!«

Am Abend fuhren Evelien und Jacco an seinem Haus vorbei, um die Türen zu kontrollieren, den Ofen und den Boiler auszuschalten, seine Papiere abzuholen und das Holzkästchen, in dem er sein Geld aufhob, in Sicherheit zu bringen. Das Kästchen war weg. Es stand nicht wie üblich in dem großen Büfett aus Eichenholz. Er hatte es wohl irgendwo versteckt. Oder stellte er es jede Nacht vor dem Schlafengehen ins Tiefkühlfach? Es enthielt fast fünftausend Gulden. Ein Portemonnaie mit siebenhundert Gulden hatte ihm Evelien schon aus der Hosentasche genommen. Im Krankenhaus konnte man schließlich nie wissen.

Oben in der Dusche fanden sie vollgeschissene Unterhosen. Wenn er seinen Stuhlgang nicht mehr kontrollieren konnte, mußte es ihn ja ganz schön erwischt haben. Wie vertrug sich das mit dem Bild eines Mannes, der sein eigener Herr sein wollte, der immer noch vor jeder Bekannten den Hut zog und sich charmant verbeugte? Wollte er mit der galanten Geste etwa von der vollgeschissenen Hose ablenken?

Er lag in dem vergitterten weißen Krankenhausbett und jammerte, er wolle nach Hause.

»Aber du bist hier doch gut aufgehoben, oder?«

»Ach, die lassen mich einfach liegen.«

Er hatte Fieber, eine Entzündung in der Lungengegend. Man machte verschiedene Untersuchungen. Evelien erzählte den Ärzten, welche Zustände in seinem Haus herrschten. Sie hatte schon vor Jahren mit dem Sozialamt geredet, aber damals konnte keiner was unternehmen. Erst muß so was eskalieren, sagte man ihr. Jetzt war es eskaliert. So konnte er nicht mehr nach Hause zurück. Wenn er körperlich wieder hergestellt sei, könne er Hilfe bekommen. Hauspflege. Dann könne er in seiner Wohnung bleiben, und das wolle er ja. Aber bevor nicht das ganze Haus mit dem Spachtel abgekratzt worden sei, würde keine Pflegerin auch nur einen Fuß hineinsetzen.

Die Rattenplage schien überwunden. Seine Straße hatte eine neue Abwasserleitung bekommen, und dabei waren gleich alle Löcher und Gänge zu den Kellern verstopft worden. Eigentlich war es ganz gut, daß er im Krankenhaus lag. Jetzt konnten wir auch seine Buchhaltung auf Vordermann bringen: Er war Mitglied in den verrücktesten Vereinen. Man brauchte ihm nur ein Anmeldeformular mit einer Kontonummer und einer rührseligen Geschichte zu schicken, und er zahlte ein. Beim *Dinosaurierkleinkindklub*, im Verein *Rettet den Panda*, *Hilf dem weißen Nashorn* oder *Die Freunde der Vogelspinne*. Mit Sonderangeboten ging es ihm genauso. Er mußte sie haben.

*Die alte Geschichte im neuen Gewand* ... Bücher, die kein Mensch je aufschlug, und er schon gar nicht. *Angewandte Homöopathie für den Vegetarier* ... Die Mahnungen, die auf all die Billigkäufe und Beitritte folgten, füllten den Briefkasten. Er wollte die Verträge zwar kündigen, unterschrieb aber nie.

»Pa, hier liegen die Papiere, wenn du jetzt bitte hier unterschreiben würdest ...«

»Ja, ja, jetzt nicht, morgen.«

Das sei vor drei Monaten gewesen, sagte Evelien. Die Papiere lagen immer noch herum.

Endlich konnten wir was unternehmen. Aber was? Wir suchen per Annonce eine Putzfrau, schlug ich vor.

Den schlimmsten Dreck haben Evelien und Jacco schon beseitigt: Die Päckchen mit der sauren Milch aus dem Kühlschrank geholt, das faulige Obst weggeworfen, die Fruchtfliegen mit der Sprühdose verjagt, die Zigarrenstummel aus den Kissen geklaubt – überall Brandflecke – und die Zeitungen und Reklamedrucksachen zum Papiercontainer gebracht. Das besudelte Klo haben sie so gelassen. Damit die Sozialhilfe sehen konnte, daß er nicht mehr in der Lage war, sich selbst zu versorgen. Wenn er trotzdem hier wohnen bleiben wollte, mußte er die Hauspflege hereinlassen.

Evelien hatte ihm versprochen, die Tauben und Enten zu füttern. Jeden zweiten Tag fuhr sie hin. Lächerlich! Mitten im Sommer! Auf dem Schuppen im Garten saßen mindestens zwanzig Tauben und warteten auf ihre Portion Körner. Die Enten im Teich neben den Eisenbahnschienen stellten sich in einer Reihe auf dem Fußweg an, immer in Erwartung des weißen Skodas. Irgendwie rührend.

Wir waren zusammen im Krankenhaus bei einem Aufnahmegespräch mit der Hauspflege.

»Wir müssen überprüfen, was Sie noch alles allein können und wobei Sie eventuell Hilfe brauchen, verstehen Sie, Herr Wieringa?«

Kränklich lag er in den Kissen: ein zerbrechliches Männlein mit zu roten Wangen in einem zu blauen Schlafanzug.

»Können Sie sich noch waschen?«

»Ja, natürlich kann ich das.«

»Machen Sie das auch?«

»Ja, natürlich.«

Evelien schüttelte den Kopf.

»Und duschen?«

»Ja, natürlich kann ich duschen. Aber wozu denn der Unsinn? Schade um das Wasser.«

»Haben Sie Probleme auf der Toilette?«

»Nein, wieso?«

Evelien nickte zustimmend. »Du hast dich bepinkelt und dir die Hosen vollgekackt, Pa.«

Verwirrt sah er in den grauen Himmel: »Nicht daß ich wüßte.«

Das Fräulein von der Aufnahme konnte mit unserer Geschichte über seinen wirklichen Zustand wenig anfangen. Pa hörte gar nicht zu. Seine wäßrigen Augen starrten zum Fenster, als ginge ihn das Gespäch nichts an. Als wäre er im Kopf ganz woanders, vielleicht schon irgendwo auf der anderen Seite.

Plötzlich kreischte er auf, fuhr hoch und zeigte zum Fenster. Offenbar hatte er eine Erleuchtung. »Oh, die Täubchen, die Täubchen!«

Zwei weiße Tauben hatten sich in seinem Blickfeld auf dem Balkongeländer niedergelassen. Im Handumdrehen stand er neben seinem Bett und schlurfte zu ihnen herüber.

»Oh, meine Täubchen ...«

Vor dem Fenster drehte er sich um und fuchtelte ungeduldig mit seinen mageren Händen.

»Brot her. Futter. Hast du denn kein Taubenfutter mit?« raunzte er Evelien an.

In diesem Moment kam ein Fräulein in Weiß ins Zimmer. Hinter ihr stand der Getränkewagen.

»Was möchten Sie trinken, Herr Wieringa?«

»Brot! Ich brauch' was für die Täubchen!«

»Aber nein, das geht nicht, die Tauben machen uns schon genug zu schaffen. Es ist verboten, sie zu füttern.«

»Das werden wir schon sehen, nicht wahr?« wandte er sich entschlossen an Evelien. Sie suchte nach Worten, um ihm zu erklären, daß …

Das Fräulein in Weiß wußte viel besser, wie man mit ihm umgehen mußte. »Herr Wieringa, möchten Sie Limonade oder eine Tasse Tee?« zwitscherte ihre helle Stimme.

»Einen doppelten Whisky!« rief er voller Wut.

Evelien und ich schauten uns an. Er hatte in seinem ganzen Leben keinen Whisky getrunken.

»Tja, den haben wir nicht. Darf's auch ein Täßchen Tee sein?«

Das weiße Fräulein lotste ihn vom Fenster weg und stellte eine Tasse Tee auf seinen Nachttisch. Hinter seinem Rücken flatterten die beiden weißen Tauben ungerührt aus seinem Leben.

Nachmittags lag er nicht im Bett. Sie hatten ihn zur Therapie geschickt. Mit dem Fahrstuhl fuhren wir hinunter. Pa in Therapie?

»Ja sicher«, sagte die Therapeutin, »wir machen hier alles mögliche«. Sie zeigte auf Wollknäuel, Farbkästen und Buntpapierstapel. »Aber ihr Vater liest meist Zeitung.«

Freundlich sah sie zu Pa herüber, der im Rollstuhl saß und ein Nickerchen machte. Vor ihm auf dem Tisch saß ein Teddybär.

»Heute nachmittag hat er geweint, weil seine Mutter seinen Lieblingsteddy in den Ofen gesteckt hat, als er vier war.«

Ich ärgerte mich. Ich ärgerte mich über ihre frische, jugendliche Ausstrahlung und darüber, daß mein Vater wildfremden Leuten solche Dinge von sich erzählte. Intime Dinge. Dinge, die mich wahnsinnig interessierten, die er vor mir aber verborgen hielt. Dinge, die er ohne weiteres so einem jungen Mädchen im Krankenhaus anvertraute. Die soll bloß nicht vergessen, daß es immerhin mein Vater ist, der da erzählt!

»Hast du das gewußt?«

Evelien schüttelte den Kopf.

Einen Tag später konnte sich Pa bereits die Schuhe anziehen und im Bademantel über den Gang schlurfen. Er fuhr des öfteren mit dem Fahrstuhl in die Cafeteria hinunter. Nicht nur, um eine Zigarre zu rauchen. Die Untersuchungswerte gerieten durcheinander, weil sein Blutzuckerspiegel rasant stieg und fiel. Er litt seit Jahren unter Alterszucker und sollte sich mit Süßigkeiten vorsehen. Evelien und ich wunderten uns über die Schwestern, die nicht auf die Idee kamen, daß er sich in der Cafeteria mit Windbeuteln, Schokokeksen und allem, was sonst noch süß aussah, vollstopfte. Herr Wieringa ißt zuwenig! Herr Wieringa hat keinen Appetit!

Je länger sie ihn im Krankenhaus behielten, desto lieber war es uns.

Evelien hatte eine Putzfirma eingeschaltet. Vier junge Männer rückten mit Eimern, blauen Müllsäcken, Gummihandschuhen, Besen, Bürsten, *Caustic Soda* und Ammoniakflaschen an. Hätte ich das geahnt, sagte der Chef empört, hätte ich auf den Auftrag dankend verzichtet.

Der Rattendreck mußte vom Küchenboden gekratzt werden. Unter dem Kühlschrank moderte ein Riesenexemplar von Ratte vor sich hin, und der Gasherd mußte ausgewechselt werden, weil er einfach nicht mehr sauberzukriegen war. Genauso die Kloschüssel. Und der Boiler und der Heizungskessel und ... Unter seinem Bett lagen unzählige Kippen. Daß er sich nie in Brand gesetzt hat, ist uns ein Rätsel. Was auf dem angefressenen Fußbodenbelag in seinem Schlafzimmer klebte, war kaum abzukriegen. Das Stück Wohnzimmerparkett unterm Sofa, auf dem er immer saß, habe ich mit dem Spachtel abgekratzt. Genauso wie den Tisch aus Holzlatten.

Die Jungs verwendeten das Ammoniak unverdünnt. Nicht besonders umweltschonend, aber es machte die dunkelbraunen Türklinken wieder silbrig. Dabei hätte der Vorrat an Scheuermitteln, die Pa im Küchenschrank stehen hatte, einer Drogerie alle Ehre gemacht.

Vor dem Angriff von Schrubbern, Staubsaugern und Ammoniakdämpfen versuchten sich die Spinnen verzweifelt in Sicherheit zu bringen. Die meisten wurden zermalmt, aber am nächsten Tag hing die erste Spinnwebe wieder an der Decke.

»Wozu eine Putzfirma?« hatte Pa im Krankenhaus gemeckert, als ihm Evelien davon erzählte. »Was für ein Unsinn. Ein bißchen staubsaugen hätte doch genügt!«

Ich sollte mir aufschreiben, was ich an alten Leuten so furchtbar finde, was mich an ihnen stört, damit ich später – wenn ich alt bin – daraus lernen kann. Damit ich dann zumindest weiß, was mir blüht. Damit ich kein alter Griesgram werde. Damit ich keine blöde Meckerziege werde. Damit ich in Bewegung bleibe und nicht die Gardinen runterlasse. Damit ich das, woran mir liegt, nicht aufgebe. Aber vielleicht werde ich trotzdem eine alte Schrulle.

Er tobte vor Wut, und Evelien kriegte das meiste ab. So war das nun einmal. Sie war der rettende Engel, von dem er abhängig geworden war, und weil er die Fäden nicht aus der Hand geben wollte, ließ er den Frust voll an ihr aus.

Abgesehen von den ein bis zwei täglichen Fahrten ins Krankenhaus hat sie mindestens eine Woche geopfert, um sein Haus auf Vordermann zu kriegen. Jacco hatte sogar drei Tage Urlaub genommen. Ich half ebenfalls mit. Bruder Karel blieb zu Hause in Brüssel. »Laßt jemanden kommen!« hatte er gesagt. »Ich werde ihm doch nicht seinen Mist hinterherräumen!«

Evelien regte es auf, daß sich Karel so aus der Affäre zog. »Pa hat ihn immer verwöhnt, und jetzt ist er so undankbar.«

Man weiß nie genau, warum Kinder sich um ihre Eltern kümmern oder nicht. Karel muß das mit sich ausmachen. Wenn er meint, er brauche nicht zu helfen, dann hilft er eben nicht. Ich kann ihn mir auch nicht mit einem Scheuerlappen in der Hand vorstellen. Ich kann mich überhaupt nicht erinnern, daß er je im Haushalt geholfen hätte. Aufräumen? Abwaschen? Tischdecken? Das hat er schon früher Evelien und mir überlassen. Im Grunde genommen läßt er jetzt nicht seinen Vater sitzen, sondern seine zwei Schwestern.

Ich habe schon seit Jahren kaum Kontakt zu ihm. Wir haben uns nichts mitzuteilen. Karel interessiert sich nicht für Kunst, nicht für Literatur, nicht für Lyrik, nicht für Musik, nicht für Theater, nicht für den Menschen, nicht für die Vergangenheit, nicht für unsere Eltern, nicht für mich. Karel interessiert sich für sich. Und für Geld. Er hält sich für überlegen, jedenfalls seinen Schwestern gegenüber. Warum sollte ich mit ihm befreundet sein? Nur weil er zufällig mein Bruder ist?

»Eigentlich finde ich es prima, daß er nicht kommt«, gestand Evelien nach einigem Nachdenken. »Da schaffen wir mehr. Ohne Streit oder so.«

Das ist für Evelien die ideale Familie: ohne Streit oder so!

Nach einer Woche kommt Pa nach Hause, und alles fängt wieder von vorne an. Der Müll türmt sich. Ich gebe ihm höchstens zwei Monate bis zur Zwangseinweisung. Dann sollen andere auf ihn aufpassen.

»Nein, Pa, der Arzt sagt, du darfst nicht mehr Auto fahren.«

»Was bilden die sich ein, verdammt noch mal, die haben mir gar nichts vorzuschreiben.«

Ich habe einen Reifen zerstochen und telefoniere mit den beiden Reparaturwerkstätten im Dorf. Damit hier ja kein Mechaniker aufkreuzt. »Sonst überfährt er noch ein Kind!«

»Wir haben verstanden, Frau Wieringa. Zufällig haben wir zur Zeit alle Hände voll zu tun!«

Genau!

# 3

Abends um halb elf gehe ich zu Fuß vom Haus meines Vaters zum Bahnhof. Es riecht nach brennendem Holz. Wenn ich die Augen schließe, könnte ich genausogut in Asien sein. Schwelende Feuerstellen, über denen gekocht wird. In diesem Villenviertel kommt der Geruch wohl eher von den Kaminen. Fast in jedem Haus ist das Wohnzimmer erleuchtet. Keine geschlossenen Vorhänge. Zeig den Nachbarn ruhig, wie gut es dir geht. Es ist der elfte November, Sankt Martin. Sind die Kinder am frühen Abend mit ihren Laternen von Tür zu Tür gezogen, oder ist diese Sitte hier inzwischen ausgestorben? Vor dem Haus meines Vaters hat niemand gesungen.

Zum ersten Mal seit dem Krankenhaus und dem Großreinemachen vor vier Monaten habe ich ihn wieder besucht. Täglich hatte er uns mit beschuldigenden Anrufen bombardiert. Ihr habt dies gestohlen, ihr habt jenes gestohlen.

»Nein, Pa, sieh mal dort nach. Oder da.«

»Meine Kamera ist weg.«

»Nein, Pa, die liegt in dem Schrank neben dem Tisch, auf dem das Telefon steht.«

»Alle Untersetzer sind weg.«

»Ja, Pa, die waren nicht mehr sauberzukriegen. Aber dort liegen neue.«

»So ein Blödsinn, was bildet ihr euch bloß ein!«

Die Hauspflege ließ er nicht herein. Sie durfte ihn nicht duschen, ihm keine Medikamente geben, gar nichts. Eigentlich wunderte mich das. Ein raffiniertes Frauenzimmer hatte ihn doch immer um den Finger wickeln können. Jetzt wohl nicht mehr.

Eine einzige Veränderung führte er von sich aus ein. In dem Restaurant, in dem er bisher nur Kaffee getrunken hatte, aß er jetzt auch. Seinen vegetarischen Fraß brachte er sich fix und fertig mit. Mit dem Sozialtaxi, das einen Zuschuß von der Gemeinde bekommt, holte er beim Bäcker seinen Eimer Brot ab, aß im Restaurant und ließ sich nach der Mahlzeit zu den Enten und dann nach Hause bringen. So kehrte in sein Leben langsam wieder Ruhe und Routine ein. Giftig konnte er immer noch werden: Wenn er zu lange auf das Sozialtaxi warten mußte, putzte er den Fahrer ganz schön runter. Den weißen Skoda vor seiner Tür hatte Evelien verkauft. Für vierhundert Gulden.

Niemand weiß, über welche Kanäle seine Ex-Freundin Truus, mit der er jahrelang zusammengewohnt hatte, von seinem Zustand gehört hatte. Aber sie bot an, einmal in der Woche bei ihm sauberzumachen. So blieb das Haus ziemlich ordentlich. Ich brauchte nicht mehr zu kommen, um die Spinnweben wegzusaugen oder die Fenster zu putzen. Die Aschenbecher wurden geleert, überreifes Obst weggeworfen und Lebensmittel weggeräumt. Die Plastikblumen in den kleinen Vasen wurden abgestaubt und prangten bunter denn je in einer Reihe auf dem Fensterbrett. Neben der Sansevieria. Ich war froh, daß ich mir beim Großreinemachen die Mühe gemacht hatte, die Plastikblumen abzuspülen, anstatt sie einfach wegzuwerfen. Offenbar hing er an ihnen. Evelien fand sie fürchterlich. Eigentlich hätte ich ein paar Blättchen braun anmalen sollen. Alle Blättchen. Braun und gelb. Siehst du, Pa, so sieht das dann aus, wenn man alles vernachlässigt.

*Ich geh' mit meiner Laterne*
*und meine Laterne mit mir.*
*Da oben, da leuchten die Sterne,*
*da unten, da leuchten wir.*

*Hier wohnt ein reicher Mann,*
*der uns was geben kann.*
*Viel soll er geben,*
*lang soll er leben!*
*Laß uns nicht zu lange stehn,*
*denn wir müssen weitergehn.*

*Mein Licht geht aus.*
*Wir gehn nach Haus.*
*Rabimmel, rabammel, rabumm.*

In dem hell erleuchteten Wohnzimmer einer Villa steht eine Frau an einem Tisch mit einem *Sjoelbak*. Sonst ist niemand im Raum. Sie steht allein vor dem langen Holzkasten und zielt mit den Scheiben auf die vier Schlitze, durch die sie ins Ziel gleiten sollen. Sind die Kinder schon aus dem Haus? Ist der Herr Gatte in einer Sitzung? Der Rest des Hauses ist dunkel. Ich würde gern mitspielen. Sjoelen, das konnte ich früher gut. Meine Mutter auch. Ich sehe noch, wie sie dasteht, einen Stapel Holzscheiben in der Hand, und sich auf die beiden Mittelfächer konzentriert, die die meisten Punkte bringen. Sie spielte sicher und gut. Und sie gewann oft. Glück im Spiel, Pech in der Liebe, sagte sie dann und lachte. Früher.

Heute nachmittag saß sie behaglich auf dem Sofa im alten Haus und musterte Fotos meiner Arbeiten. Ich hatte sie mitgenommen, um ihr das Gefühl zu geben, daß sie noch an meinem Leben teilhat. Außerdem konnte ich dann am Telefon von meiner Arbeit, meinen Bildern reden. Aber sie sieht schlecht. Ich kam nicht dahinter, wieviel sie noch erkennen konnte, obwohl sie den Text auf einem der Fotos plötzlich laut vorlas.

Kann man eigentlich nach Gefühl sjoelen? Ich glaube, das würde ihr gefallen. Aber unser altes Spiel hat die Putzfrau längst in den Müll geworfen. Ich erinnere mich noch an den verzogenen Holzrahmen, in dem die Scheiben schon fehlten.

War Karel auch dabei? Komisch, daß ich mich nicht daran erinnern kann. Ich weiß auch nicht mehr, ob mein Vater mitgemacht hat. Mir fällt nicht mal mehr ein, ob er überhaupt Spiele spielte. War er vielleicht kein guter Verlierer? Oder war er zu sehr mit seinem eigenen Spiel beschäftigt? Als Schürzenjäger hatte er gute Gewinnchancen.

Wozu hättest du überhaupt noch Lust, Pa? Was würdest du gerne unternehmen? Irgendeine bestimmte Reise vielleicht? Das hatte ich ihn heute abend gefragt.

»Ach, zu gar nichts!« und mit einem Seitenblick zur Uhr: »Wann fährt dein Zug noch mal?«

Ich geh' mit meiner Laterne. Früher lief ich am Martinstag mit einem Lampion herum. Einem selbstgebastelten: eine ausgehöhlte Zuckerrübe, die an einem Stock baumelte. Unter dem Absingen mehrerer Sankt-Martin-Lieder sammelte ich ganze Säcke voller Süßigkeiten ein. Fast doppelt soviel wie Evelien. Ich war klein und fix. Wo ist mein Lampion eigentlich hingekommen? Heute abend habe ich ganz was anderes eingesammelt und brauchte nicht einmal zu singen!

Ich war noch im Mantel, als er zwei Zweihundertfünfziger zog und mir die Scheine über den Lattentisch herüberschob.

»Herrgott, ich komme doch nicht wegen dem Geld!«

Er sah mich griesgrämig an und sagte: »Sonst vergess' ich es.«

Bevor er es sich anders überlegen konnte, steckte ich die Scheine ein. Fünfhundert Gulden sind allerhand für jemanden, der sich als freischaffender Künstler über Wasser zu halten versucht. Zwei Minuten später brachte er noch ein Bündel zum Vorschein. Lauter Hunderter. Ich erzählte von einer Ausstellung und stopfte mir ganz nebenbei die Scheine in den BH. Das war ihm aber auch nicht recht.

»Hast du überhaupt gesehen, wieviel es war?«

»Ja, Pa, unheimlich viel. Danke dir.«

Für ihn ist Geldgeben die einzige Art zu sagen: Ich hab' dich lieb. Manchmal möchte ich ihm das Geld ins Gesicht schmeißen. Versuch es doch wenigstens einmal über die Lippen zu kriegen: Sandra, wie schön, daß du da bist!

»Hab' ich dir das Geld schon gegeben?«

»Ja, Pa.«

»Hab' ich dir ...«

»Und wenn ich nun nein sagen würde, gibst du mir dann noch einmal so viel? Du würdest es nicht mal merken.«

»Na ja ... dann würde ich morgen nachzählen und ...«

»Sei doch froh, daß ich ehrlich bin, Pa.«

Wie ehrlich bin ich eigentlich?

»Hab' ich dir das Geld schon gegeben?«

»Ja, Pa.« Ich leerte die zweite Dose Bier, die ich mitgebracht hatte. Nun mußte ich doch noch sein Klo benutzen.

Seit dem Großreinemachen ist der Geburtstagskalender weg. Dieses Symbol für sein Leben. Ein leerer Geburtstagskalender, auf dem kein einziger Name stand.

Das Klo stinkt nach Urin, aber nicht so furchtbar wie voriges Jahr. Ich wasche mir die Hände im Küchenbecken. Die

Spüle und der Küchentisch sind mit Lebensmitteln übersät. Seit Truus jede Woche vorbeikommt, ist wenigstens der Fußboden einigermaßen sauber. Die Hauspflege hatte ihre Tätigkeit ganz eingestellt. Unsinn. Jede Hilfe war Unsinn. Außer Truus akzeptierte er niemanden. Sie ist genauso alt wie meine Schwester und erzählt ganz andere Geschichten über meinen Vater. Von seiner Unterstützung, als sie sich weiterbilden wollte, von seinem Wissen und von seiner Liebe. Ihre Geschichten klingen anders als die, die wir von Ma kennen, sagt Evelien, die mit Truus den Haushalt organisiert. »Als ginge es um einen anderen Mann.«

Ich habe nie ein Wort mit Truus gewechselt. Ich weiß noch sehr gut, wie meine Mutter vor dreißig Jahren auf ihre Existenz reagierte. Wie eine Furie. Evelien war damals schon ausgezogen. Ich nicht. Meine Mutter besprach mit zwei Freundinnen alles, was für oder gegen Truus sprach. Eigentlich vor allem das, was gegen sie sprach. Und ich schnappte Dinge auf, die nicht für meine Kinderohren bestimmt waren. Frühreif hieß das wohl. All die Liebchen meines Vaters ... Ich erinnere mich zum Beispiel an die stark geschminkte Blondine, wie sie sich eine Handtasche vor den Bauch hielt und auf hohen Absätzen am Schultor auf und ab trippelte, um mich abzufangen. Und auszuhorchen. »Du bist doch seine Tochter, auf dich wird er wohl hören. Sag ihm, er soll mich anrufen. Er soll was von sich hören lassen, verstehst du? Er soll mich unbedingt anrufen!«

Ihre Stimme überschlug sich. Lange rote Fingernägel krallten sich in meinen Mantel. Sie klimperte heftig mit den falschen Wimpern, als hätten ihre Augenlider Mühe, die riesigen schwarzen Apparate hochzuhalten. Mitschülerinnen schauten zu und grinsten. Jungs aus der Fünften pfiffen. Ein Lehrer ging vorbei und zwinkerte mir zu. Oh, wenn sich doch die Trottoirplatten unter mir öffneten und ich tief in die Erde versinken könnte! Dreimal ließ ich mich von ihr überraschen. Danach verließ ich die Schule durch einen Notausgang.

Truus war um einiges gefährlicher als die Blondine. Sie lebte mit meinem Vater zusammen und wollte ihn heiraten. Hätte sie dann Anspruch auf das Firmenkapital, das jetzt meiner Mutter und meinem Vater gemeinsam gehörte? Nein, ich mochte sie nicht, auch wenn ich sie nie gesehen hatte. Sie ist sehr nett, sagte Evelien. Schon möglich.

Eigentlich ist es bemerkenswert, daß ich mich mit Evelien so gut verstehe. Sie ist fünf Jahre älter als ich, und früher gingen wir nicht sehr schwesterlich miteinander um. Und nicht sehr brüderlich mit Karel. Im Gegenteil, wenn wir zu dritt waren, zankten wir uns. Unentwegt. Lag das daran, daß sich unsere Eltern andauernd stritten, oder war Karel so nervtötend? Evelien und er konnten sich nicht riechen, obwohl sie nur zwei Jahre auseinander sind. Karel, der Macho. Sieben Jahre älter als ich. Mein großer Bruder. Als ich ihn einmal zu Hilfe rief, weil mir ein paar Jungs einen Beutel voller Murmeln wegnahmen, sagte er: Hilf dir selber, dann wirst du groß und stark. Groß bin ich nie geworden, aber stark schon. Alleine. Ohne den großen Bruder. Nie wieder habe ich ihn um Hilfe gebeten. Karel ist Geschäftsmann geworden, ins Ausland gegangen und hat schon drei Ehen hinter sich.

»Hast du mal was von Karel gehört, Pa?«

»Karel? Welcher Karel?«

Ich frage mich, wer selbstsüchtiger ist. Mein Bruder oder mein Vater.

»Hab' ich dir das Geld ...«

»Ja, Pa!«

Mein Geplapper konnte ihm heute nicht einmal ein Brummen entlocken. Früher war es mir manchmal gelungen, ihn mit Fragen über seine Kindheit etwas aufzumuntern. Aber seit dem Großreinemachen bringt ihn überhaupt nichts mehr in Laune. Ich sowieso nicht. Schade. Dabei hätte ich heute abend soviel Zeit für ihn gehabt. Ich übernachte bei Evelien und Jacco. Als ich zum Telefon griff, um den beiden zu sagen, mit welchem Zug ich käme, blieben mir die Finger am Hörer kleben. Der graue Hörer war ganz schwarz.

»Hab' ich dir das Geld ...«

Noch einmal, und ich schlage mit dem nächstbesten schweren und stumpfen Gegenstand um mich.

Es fängt an zu regnen. Sankt Martin. Dort brennt Licht. Grelle Lampen beleuchten den verlassenen Bahnhof. Eine breite Treppe führt auf den Bahnsteig. Gut, daß ich nicht im Rollstuhl sitze. Auf dem schmalen Bahnsteig steht ein Wartehäuschen. Dort gibt es nur einen schrägen, durchlöcherten Metallbalken in Hüfthöhe zum Anlehnen. Die einzige Bank steht ein Stück weiter, in Richtung Regen und Wind. Mir tut der Rücken weh, muß ich hier lange herumstehen? Ich lasse die Taschen aus den Händen gleiten. Mein Schlafanzug, leere Zigarrenschachteln, ein paar Bücher und alles, was mir meine Mutter heute nachmittag mitgegeben hat.

»Hab' ich dir das Geld schon ...«

»Ja, Pa!«

Auf dem verlassenen Bahnsteig, unter einer Neonröhre, fingere ich die Hunderter und Zweihundertfünfziger aus meinem BH und stecke sie in das Portemonnaie. In der gläsernen Seitenwand des Wartehäuschens sehe ich mein Spiegelbild. Die Mütze sitzt ihm schief auf dem Kopf.

*Ich geh' mit meiner Laterne ...*

Es hallt sogar ein wenig in diesem Häuschen. Ich glaube, ich bin ein bißchen beschwipst. Ich schaue auf die Bahnsteiguhr. Mein Rücken murrt. Zehn Minuten muß ich noch am löchrigen Blech lehnen.

*Viel soll er geben,*
*lang soll er leben.*
*Laß uns nicht zu lange stehn,*
*denn wir müssen weitergehn.*

Mit den vielen Scheinen in meinem Portemonnaie könnte ich dem Bahnhof sogar eine Bank von *Blokker* für das Wartehäuschen stiften.

# 4

Ich schnitzle Pfifferlinge in eine kleine Bratpfanne, als plötzlich die Nostalgie zuschlägt. Pfifferlinge. Eigentlich müßte ich die große Bratpfanne nehmen, Ma. Die große, die du mir mitgegeben hast, als ich mein erstes Zimmer zur Untermiete bezog. Die mit dem geschwärzten Rand und dem karierten Boden. Die Pfanne, in der du vor mehr als vierzig Jahren Pfifferlinge gebraten hast. Im Herbst. Sonntags. Weißt du noch, wie wir im Wald bei den gefällten Holzstämmen auf die Suche nach den gelben Pilzen gingen? Ich habe dabei keine schlechte Figur gemacht, was Ma? Ich war schon immer gut im Finden. Wenn ich wußte, wonach ich suchen sollte.

Ich nehme zuviel Butter. So schmoren sie und werden zu weich. Sie kommen aus Kanada, sagte der Gemüsehändler. Gebratene Pfifferlinge zum Butterbrot. Weißt du noch, Ma?

Nein, ich glaube nicht, daß du das noch weißt. Ich schaue auf die Uhr. Halb sechs. Ich brauche nicht anzurufen. Du wirst noch mit Evelien und Jacco unterwegs sein. Heute warst du bei Onkel Aad, deinem Bruder. Er hat Geburtstag. Neunundachtzig wird er. Er ist noch klar im Kopf und wohnt allein. Du wohnst auch allein, Ma. Mit deinen vierundachtzig. Aber du bist nicht mehr so klar im Kopf. Ich halte die Pfanne schräg und löffle den Butterüberschuß weg. Ich rühre einen Rest saurer Sahne unter die Pilze und verteile sie über zwei Toastscheiben. Lecker. Aber nicht so lecker wie damals.

Heute nacht bist du herumgegeistert. Evelien hatte es schon prophezeit. Das kam von der Aufregung über den nächsten Tag. Um vier Uhr morgens, mitten in der Nacht, hast du auf meinen Anrufbeantworter gesprochen. Manchmal, Ma, manchmal habe ich keine Lust auf die Welt. Dann ist mir nicht nach Lügen. Wie geht es dir? Danke gut. Dann verstecke ich mich vor den anderen. Dann liege ich im Bett und schlafe und träume. Und lese. Fremde Geschichten, fremde Leben. In der Ferne höre ich die Türklingel oder das Gebimmel von Telefon und Fax, aber ich rühre mich nicht. Ich drehe mich um, ziehe mir die Daunendecke über den Kopf und warte, bis es wieder still wird. Mein Anrufbeantworter hört ja zu. Aber nach dieser Nacht, Ma, werde ich den Stecker am Bett nicht mehr herausziehen. Auf dem Band deine verzagte Stimme: »Ich kann niemanden erreichen, ich weiß nicht mehr weiter!« Bei Evelien warst du auch an den Anrufbeantworter geraten. Sie hatte so fest geschlafen, daß sie nicht rechtzeitig zum Hörer kam. Danach war sie wenigstens wach genug, um den Apparat abhören zu können. Sie erkannte deine Stimme, konnte aber kaum verstehen, was du sagtest. Sie rief zurück. Du warst sofort dran. Du hast ihr erzählt, dir sei schlecht geworden und du seist mit Jannie, der Haushaltshilfe, ins Krankenhaus gefahren. Jetzt sei alles wieder in Ordnung. Du hättest gegessen und Kaffee getrunken. Du wolltest uns nur mitteilen, wo du bist. Damit wir uns keine Sorgen zu machen brauchten.

Evelien hat dich angerufen, Ma! Du warst die ganze Zeit zu Hause!

Sie hat zu dir gesagt, daß du schön schlafen gehen und dich beruhigen solltest, denn jetzt sei ja alles in Ordnung.

Um halb sieben hast du Evelien wieder angerufen.

»Ich habe gesagt, sie soll sich waschen und anziehen. Damit sie fertig ist, wenn das Sozialtaxi kommt, das sie zu uns bringt, und wir sie dann zu Onkel Aad mitnehmen können. Sie kam zur vereinbarten Zeit an, hatte aber alles schief zugeknöpft, keinen BH an, die verkehrten Schuhe, die Strümpfe linksherum ...«

Tante Mien setzte sich neben sie und streckte ihr steifes Bein aus, erzählte Evelien. Ein steifes Bein in einem braunen Stützstrumpf und einem orthopädischen Schuh. Meine Mutter sah hin und schnalzte mit der Zunge. Sie streckte eine Hand aus und rief: »Komm, komm, komm.« Als wolle sie eine scheue Katze locken. Tante Mien schaute von meiner Mutter auf ihren Schuh. Evelien packte den Hund von Onkel Aad beim Kragen und schob ihn unauffällig ins Bild.

»Du hörst aber brav!« Meine Mutter streichelte ihm den Kopf, konnte aber die Augen nicht von dem orthopädischen Schuh lösen. Während sie mit der einen Hand den Hund hinter den Ohren kraulte, ließ sie die andere fast auf den Fußboden hängen und schnipste mit den Fingern: »Ttt-ttt-ttt, komm, komm, komm.«

Der Schuh kam nicht.

Während der Nachrichten meldete sich Evelien.

»Jacco bringt sie gerade nach Hause. Aber heute ging es ihr nicht besonders. Sie brachte keine zwei Sätze zusammen und hatte eine ziemliche Hudelei mit dem Kaffee, der Torte und den Brötchen. Die Verwandtschaft ist ganz schön erschrocken. Auf dem Rückweg schrieb sie Jacco ständig den

Weg vor (bei dem weißen Bauernhof dort links abbiegen), obwohl sie ganz zusammengekrümmt in der Ecke saß. Als wir zu Hause ankamen, hatte sie eiskalte Hände. Sie war ganz durchgefroren und mußte dringend auf die Toilette. Bei Onkel Aad sei sie den ganzen Tag kein einziges Mal gegangen!«

Das war wohl das letzte Mal, daß du die Verwandtschaft besucht hast, Ma. Es wird dir zuviel. Evelien hatte es ja prophezeit, daß du vor Aufregung nicht schlafen würdest. Daß es dich aber so erwischen würde, hatte sie nicht erwartet.

Um halb zehn ruft mich Evelien wieder an. Du seist ganz außer dir, Ma. Du denkst, daß fremde Leute im Hause sind, die nicht wieder gehen wollen. Selbst kannst du nicht weg, weil du keinen passenden Schlüssel hast. Am liebsten würdest du die Polizei holen. Evelien weiß nicht, was sie mit dir machen soll.

»Rufst du sie bitte in fünf Minuten an? Mal sehen, in welcher Verfassung sie dann ist. Und rufst du mich anschließend gleich zurück?«

Meine Nähmaschine steht auf dem Tisch. Während der fünf Minuten, die ich warten soll, bevor ich dich anrufe, ziehe ich ein Stück Stoff unter der Nadel entlang. Es ist deine alte Maschine, die schwere Pfaff, auf der du meine Sommerkleidchen genäht hast, bis ich groß genug war, mir selbst etwas zusammenzuflicken. Ich mußte immer für dich einfädeln, weißt du noch, Ma? Und die Stecknadeln suchen, die du fallengelassen hattest. Ich lasse auch manchmal was fallen. Aber ich habe keine Tochter mit guten Augen. Ich habe seit kurzer Zeit eine Lesebrille.

Das Telefon klingelt vier-, fünfmal, bis du den Hörer abnimmst.

»Ja ...« Dann Stille.

»Hallo Ma, ich bin's. Ich will nur mal fragen, wie es so geht.«

»Es ist furchtbar!« seufzt du. »Ich weiß nicht mehr weiter. Du mußt sofort Jorick zu mir schicken, denn ich bin am Ende.«

Wie praktisch, daß einer der beiden Söhne von Evelien ganz in deiner Nähe wohnt. Mit dem Fahrrad kann er in fünf Minuten bei dir sein.

»Was soll er denn für dich erledigen?«

»Die vielen Leute hier wegjagen.«

»Was wollen die denn bei dir?«

»Wenn ich das wüßte.«

»Und wenn du ihnen einfach sagst, sie sollen gehen und dich in Ruhe lassen?«

Du lachst gequält auf. »Denkst du etwa, die hören auf mich?«

»Soll ich es ihnen sagen, Ma? Hol mir doch einen von denen an den Apparat.« Wie soll ich dir sonst helfen, die bösen Geister zu verjagen?

Du legst den Hörer hin und schlurfst murmelnd herum. Dann höre ich dich sagen: »Hast du jetzt meine Tochter am Apparat?« Und nach einer Weile: »Was hast du hier zu suchen? Was hast du hier zu suchen? Was suchst du denn hier?«

Ich kann mir nicht vorstellen, was du machst, vor wem du herumfuchtelst oder mit wem du dein eingebildetes Gespräch fortsetzt. Ich kann dich nur hören. Mit Unterbrechungen.

»Und? – Schaffst du es? – Ich probier' es schon anderthalb Stunden und gebe es auf. – Es muß an was anderem liegen. – Oh je, paß auf, denk an deinen Kopf. – Wenn ich es probiere, passiert nichts. – Aber das kann doch nicht die ganze Nacht so weitergehen! – Was sagst du? Ich versteh' dich nicht.«

Ein Weilchen denke ich, dir wird wieder einfallen, daß ich noch an der Strippe hänge, aber du läßt dich nicht stören. Mir bleibt nichts anderes übrig, als zuzuhören. Als hätte ich eine Wanze unter deinem Tisch versteckt.

»Oh je, denkst du, es ist was anderes? – Schreib's mir auf. – Was?«

Und dann wirst du auf einmal sehr feindselig: »WER SIND SIE?«

Ist sie in Gefahr? Sind wirklich Fremde bei ihr? Angespannt versuche ich, möglichst viel zu hören. Aus dem Zimmer dringen kaum Geräusche und bestimmt keine anderen Stimmen.

»Haben Sie die Nummer gewählt, die ich Ihnen gegeben habe? – Wie lange soll denn das noch dauern? Und wie gesagt: Rufen Sie die Polizei! – Ja, dann kam ich hoch, und da stand das kleine Ding in der Küche und hatte den Wasserhahn aufgedreht. Aber nicht den normalen, sondern einen großen, wissen Sie, und da konnte ich auch nichts mehr machen.«

Deine Stimme klingt, als wäre »das kleine Ding« zu Tode gekommen, als es den Hahn aufgedreht hat.

»Ich weiß mir keinen Rat mehr. Ich habe mir alle Mühe gegeben. Ich werde abwarten, was passiert ...« Im Zimmer ist Geschlurfe zu hören.

»Jetzt ist meine Tochter auch noch verschwunden. Na ja, so ist sie eben. Die wird schon wieder auftauchen.«

Es bleibt eine Weile still. Ich habe die Augen geschlossen und versuche mir vorzustellen, was du machst. Ich höre nichts Besonderes. Dann redest du plötzlich wieder. Als würdest du Fragen beantworten. »Ja, aber es war doch viel zu gefährlich ... der kleine Junge ... und es war schon dunkel und na ja ... ich konnte ihn dort doch nicht allein lassen ... Haben Sie nun schon mit meiner Tochter gesprochen?«

Ich höre deine Stimme näher kommen. So laut wie möglich trompete ich: »Maaamaaaa ... ich stecke im Telefonhörer!«

Endlich nimmst du den Hörer in die Hand.

»Hallo Ma, wie geht es dir jetzt?«

»Ich weiß auch nicht, ich kann nicht mehr.« Deine Stimme klingt wie ausgewrungen. »Die Schlüssel passen überhaupt nicht.« Schlüssel?

»Ma, ich schicke Jorick zu dir, das wird das beste sein.«

»Gut, dann warte ich auf ihn. Ich weiß auch nicht mehr.« Mit einem tiefen Seufzer legst du auf.

Halluzinationen. Wegen dem Trubel bei Onkel Aad?

Ich habe Evelien angerufen. Jorick, der Schatz, machte sich sofort auf den Weg. Damit kannst du den Jungen nicht belästigen, hatte Jacco gesagt. Es geht doch um seine Oma, sagte Evelien. Der andere Sohn meiner Schwester studiert in Amerika. Beide Jungs haben einen ganz besonderen Draht zu meiner Mutter, und Jorick war froh, etwas für sie tun zu können. Er hat einen Schlüssel. Dann rief Evelien mich wieder an: Jacco und sie stiegen ins Auto. Sie ginge davon aus, über Nacht bleiben zu müssen. »Ich ruf' dich später noch einmal an.«

Mitternacht. Der Vertreter des Hausarztes war dagewesen – er wollte eigentlich nicht, aber Jacco bestand darauf – und hatte ihr irgendein Mittel gegen Halluzinationen gegeben. Haldol. Und eine Schlaftablette. Endlich lag sie im Bett.

»Es war so schlimm ... irgendwann hantierte sie in der Küche herum. Jorick fragte: ›Oma, was machst du da eigentlich?‹ Und sie antwortete: ›Ich muß doch Tee für die vielen Leute kochen.‹ Sie sprach fortwährend mit Unsichtbaren. Und sie hob ständig Dinge auf, die gar nicht heruntergefallen waren. Auch während ich da war. Komisch, bei Onkel Aad hat sie das auch schon gemacht. Sie zupfte und fummelte herum ... Jetzt leg' ich mich aber schlafen. Ich bin ganz kaputt nach diesem langen Tag. Und dieser Nacht mit all den Anrufen!«

»Kannst du einigermaßen liegen?« Evelien ist größer als ich, und ich kenne das Sofa im Wohnzimmer. Ich weiß, daß man mitten in der Nacht munter wird, weil man sich nicht ganz ausstrecken kann. Wenn man aufsteht, ist man todmüde. »Oben in meinem alten Zimmer steht ein Klappbett.«

»Im Moment könnte ich überall schlafen.«

So, Ma, da liegst du nun mit einem Beruhigungsmittel im Blut. Ich finde es stark, daß du Evelien angerufen hast. Was wäre passiert, wenn du keine Kinder gehabt hättest? Wenn es überhaupt niemanden zum Anrufen gegeben hätte?

Was wird mit mir geschehen, wenn ich in diese Lage gerate? Ich habe keine Kinder. Wer wird mich beruhigen, wer wird bei mir übernachten? Niemand, Ma. Und darum muß ich mir rechtzeitig ein Mittel besorgen, das meine Not beenden kann. Bevor ich mich so unmöglich verhalte, daß es anderen auffällt. Fremden, von denen man nicht annimmt, daß sie einen mit Nachsicht behandeln, so wie man das wenigstens von den nächsten Angehörigen erwarten kann.

Ich habe dir immer so gut dabei geholfen, Dinge wiederzufinden, die du suchtest, Ma. Meist wußte ich genau, wo, wie oder warum du sie verlegt hattest. Sogar am Telefon gelang mir das noch. Aber jetzt ... Wie gern würde ich dir dabei helfen, deinen klaren Verstand wiederzufinden, Ma. Wie gern käme ich zu dir und riefe fröhlich: Sieh mal, was ich gefunden habe! Dabei würde ich hinter dem Rücken ein Päckchen mit deinem Gedächtnis halten, und du müßtest vorher erraten, was drinnen ist. Gar nicht so einfach ohne Gedächtnis.

Du verlierst dich selbst, und ich habe keine Ahnung, wie ich dich suchen soll. Jeder neue Schritt lenkt dich in eine Richtung, die ich mir früher nicht hätte vorstellen können. Auch wenn du dich letztendlich in einem winzigen Kreis drehst. Ich muß jetzt Abschied von der Mutter nehmen, die ich einst hatte. Die Mutter, die ich mitten in der Nacht anrufen konnte und die lachend den Hörer abnahm: »Hab' mir schon gedacht, daß du's bist!« Eine Mutter, die ich anrufen konnte, um zu sagen: Ma, gerade hab' ich ein phantastisches Bild gemalt ... Und dann beschrieb ich es ihr eine halbe Stunde lang. Auch wenn es vier Uhr morgens war. Eine Mutter, bei der ich jederzeit willkommen war, egal, wen ich mitbrachte. Eine Mutter, die ich einbeziehen konnte – in meine Sorgen, meine übereilten Entscheidungen, meine Ideen ... Eine Mutter, die mir Mut machte.

Es gibt dich, und es gibt dich nicht. Manchmal habe ich einen schwachen Abklatsch deiner selbst am Telefon.

Später mußte ich einmal einen Besuch bei dir absagen, weil ich plötzlich Angina bekommen hatte. Halsentzündung. Mit Fieber konnte ich aber ausgezeichnet lesen. Bücher über Demenz. Der stellvertretende Hausarzt, der dir Haldol gegeben hatte, um die Halluzinationen zurückzudrängen, hatte das Wort als erster fallengelassen. Demenz. Das war ein Schlag. Ich mußte es laut vor mich hinsagen, Ma, um es zulassen zu können. Es ist so ein Wort, auf das man eindreschen möchte, das man anspucken und zertreten möchte, mit aller Wucht. Es ist ein Wort, das die Tränen löst.

Und plötzlich, als würde sich der Wind legen, der Wirbelwind, der schon jahrelang Unmut gesät hatte, wußte ich, daß das ganze Gemecker, das ständige Gejammer über Dinge, die du verloren hattest, zu deinem Krankheitsbild gehört. Demenz. In den Büchern lese ich, wie sie verläuft. Wie schmerzlich und verwirrend sie für die Betroffenen ist und wie schmerzlich und verwirrend für deren Angehörigen. Wie man am besten mit einem an Demenz Erkrankten umgehen sollte, damit sich das Entsetzen in Grenzen hält und sich die Aufregung legt. Ein an Demenz Erkrankter. Das bist du jetzt, Ma. Unterwegs nach nirgendwo.

Nach dem Besuch bei der Verwandtschaft und den Halluzinationen, in derselben Nacht, als Evelien bei ihr schlief, ging sie um vier Uhr morgens auf die Toilette und rief: »Sind das schon die Morgenglocken?«

»Neeiiin«, rief Evelien von ihrem Wohnzimmersofa. »Geh schön wieder schlafen, ich wecke dich morgen schon!«

Am nächsten Morgen wollte sie sich bei Evelien vorstellen. »Und, an welche Regeln habe ich mich zu halten?« Sie hatte sich die Hände gerieben und strahlend um sich geblickt. »Wo sind die anderen?«

Evelien war klar, daß sie wieder in jenem Internat angekommen war, wo sie mit achtzehn gewohnt hatte, weil sie eine Ausbildung zur Kindergärtnerin absolvierte.

»Die anderen sind nicht da, wir sind jetzt zu zweit.«

»Also nicht zu sechst oder acht?«

»Na aber, ist es zu zweit nicht auch gemütlich?«

Sie hatte Evelien ein wenig nachdenklich angeschaut.

»Wer hat denn hier das Sagen?«

»Ich!« sagte Evelien und bugsierte sie sanft in die Sofaecke, die sie immer bevorzugt hatte.

Sie erkannte auch Jannie nicht, die Haushaltshilfe, die schon seit fünf Jahren bei ihr arbeitete.

»Aber dafür war sie so lustig! Sie guckte frech und wirkte mit ihren offenen Haaren wie ein Backfisch aus früheren Zeiten. Ich konnte mir gut vorstellen, wie sie damals ausgesehen hat!«

»Hast du sie nicht gefragt, ob sie was von Pa gehört hat? Sie gingen doch damals schon miteinander.«

Das hätte mir Spaß gemacht, meine Mutter nach ihrem Verehrer auszuhorchen, dem jungen Mann, der siebzehn Jahre später mein Vater werden sollte. Schliefen sie bereits miteinander? Besuchte er sie manchmal? Und wo? Und wie?

Ein paar Stunden später normalisierte sich ihr Zustand offenbar wieder. Sie wußte, wer ich war, steigerte sich am Telefon aber total in eine Knoblauchpastillen-Geschichte hinein. »Die sind gut, die nehme ich, weil sie helfen gegen ... na ja, das, was ich habe, und mir geht es schon viel besser, und das ist schon seit gestern so, und ja, wenn das so bleibt, dann bleibe ich dabei.« Ein Klischee nach dem anderen schallte mir ins Ohr.

So richtig normal wirkte sie auf Evelien und mich nicht. Aber die Halluzinationen waren verschwunden. Sie wußte, wo sie sich befand, und solange sie nichts allzu Verrücktes anstellte, konnte sie ruhig zu Hause bleiben. Darum ging es vor allem. Das hatten wir ihr versprochen: dafür zu sorgen, daß sie so lange wie möglich in ihren eigenen vier Wänden bleiben konnte.

Du bist da, und du bist nicht da.

Du löst dich auf, Ma. Jeden Tag verflüchtigst du dich ein bißchen mehr. Auch ich kann dein altes Ich nicht mehr zusammensuchen. Nicht einmal mit zwanzig Lesebrillen.

# 5

»Hallo Pa. Wie geht's?«

»Reden wir nicht davon.«

»Kommst du einigermaßen zurecht bei dieser Kälte? Wie ist es in deiner Schlafstube? Kriegst du die warm genug?«

»Herrgott noch mal, was kümmert mich, wie kalt meine Schlafstube ist!«

»Okay, Pa, wie du meinst. Alles Gute im neuen Jahr!«

Ich knallte den Hörer hin. Das war zu Neujahr. Danach habe ich nicht mehr angerufen.

Die Polizei fand ihn. Er lag im Wohnzimmer vor dem hell-lodernden Ofen. Er war im Mantel, und die Haustür stand sperrangelweit offen. Über fünf Stunden hatte er so dagelegen. Dann gelang es einer alten Nachbarin endlich, ihren Sohn davon zu überzeugen, daß im Haus gegenüber etwas faul sein mußte.

Zufällig rief Evelien gerade bei ihm an. Eine fremde Männerstimme meldete sich.

»Bitte, wer sind Sie?«

»Erst sagen Sie mir, wer Sie sind«, sagte der Mann.

»Ich bin die Tochter von Herrn Wieringa.«

»Oh, ich bin von der Polizei. Wir haben gerade Ihren Vater ...«

Eine Ambulanz brachte ihn ins Krankenhaus. Die Diagnose lautete: totale Verwahrlosung. Aber dortbehalten wollten sie ihn nicht. Mit ein paar Medikamenten in der Jackentasche wollten sie ihn abschieben.

»Soll er etwa so in sein Haus zurück?« sagte Evelien.

»Dann nehmen Sie ihn doch mit.«

»Nein, das geht auf keinen Fall.«

Schließlich gelang es ihr, meinen Vater unter dem Etikett »Sozialfall« im Krankenhaus zu lassen. Am nächsten Tag stellte sich heraus, daß er eine Infektion an den Atemwegen ausbrütete, daß sein Blutzuckerspiegel zu niedrig war, daß er an Vitaminmangel litt, ausgetrocknet und völlig verwirrt war. Er erkundigte sich nicht einmal nach den Enten oder Tauben. Er war wieder im Kindergarten. Und er fragte Evelien, wie es ihr gefalle, in diesem großen Gebäude zu wohnen.

Ich merkte, daß mich das kaum noch erschreckte. Ich hatte nicht die geringste Lust, ihn zu besuchen.

Aber dann bin ich trotzdem ins Krankenhaus gefahren. Wegen Evelien. Sie war froh darüber. Sie tut so viel für ihn, daß ich ihretwegen in den Zug gestiegen bin. Den Besuch bei meiner Mutter lasse ich dafür ausfallen.

»Es ist wieder was mit Pa. Er liegt im Krankenhaus, Ma. Die Polizei hat ihn zu Hause bewußtlos aufgefunden.«

»Jaja, das ist wieder typisch. Er war schon immer renitent.«

Ich stelle einen Stuhl an die eine Seite des weißen Bettes. Evelien sitzt auf der anderen Seite. Pa liegt in einem blaugestreiften Pyjama auf dem Bettzeug. Nur seine Füße sind bedeckt.

Er murmelt etwas, fummelt ein bißchen am Tropf herum und nickt ein. Ich sehe ihn an. Es läßt mich kalt, daß er so daliegt.

Plötzlich lehnt er sich zur Seite. Er läßt einen mächtigen Furz. Dann zeigt er auf die Glasente, die an seinem Bett hängt und halbvoll mit Urin ist. Ich sehe schon, was er meint, aber äh ... Evelien reagiert schneller. Sie geht um das Bett herum, nimmt die Urinflasche und gibt sie ihm. Hastig holt er seinen Penis aus der Schlafanzughose und erhöht den Urinstand in der Flasche. Evelien bleibt daneben stehen und dreht nur das Gesicht zur Seite. Als er fertig ist, hängt sie die Flasche wieder auf. Ich trete mit verschränkten Armen ans Fenster. Habe ich dafür fünf Stunden im Zug gesessen? Ich muß an die Papierstreifen denken, mit denen er im vergangenen Jahr den Zuckergehalt im Urin messen sollte. Er rannte immer mit einem Streifchen zur Toilette, pißte drauf und legte es zum Trocknen auf dem Deckel irgendwelcher Vitaminpillenflaschen ab, die auf dem Tisch standen. Auch nach dem Großreinemachen zierte ein Kranz schmaler, verfärbter Streifen die verschiedenen Fläschchen auf dem Tisch. Zucker war ihm verboten. Aber bei der Putzaktion kamen leere Familienpackungen *Milky Way* zum Vorschein. Die vielen Urinstreifen hielten mich davon ab, je etwas bei ihm zu essen. Wasch dir doch mal die Hände, du Schmutzfink. Wenigstens für deinen Besuch. Wenigstens für deine Töchter. Für mich, verdammt noch mal! Männer, die sich nicht die Hände waschen, wenn sie von der Toilette kommen, kann ich nicht ausstehen.

Ein paar Möwen fliegen am Fenster vorbei. Als ich mich umdrehe, zwinkert mir der betagte Herr aus dem anderen Bett zu. Ansonsten ist er geistesgegenwärtig genug, so zu tun, als gäbe es ihn gar nicht.

»Wo wohnst du gleich wieder?«

»In Amsterdam, Pa.«

»So weit weg?«

Er schiebt die Unterlippe vor, als wolle er sagen: meine Güte. Dann schaut er auf seinen Bauch, wo der Schlitz der Pyjamahose offensteht, betastet die Windel und legt den Schlauch vom Tropf zu einer großen Schlinge.

»Wohnst du auch in diesem Gebäude?«

»Nein, Pa, das ist das Krankenhaus.«

Vor Schreck springt er fast auf. »Das Krankenhaus?«

»Ja, du bist krank, und jetzt kriegst du eine Bluttransfusion.«

»Krank? Bluttransfusion?«

Er zieht die Hand zurück und schaut voller Abscheu auf den Schlauch an seinem Arm.

»Sieh mal«, sagt Evelien, »dort hängt ein Sack voll Blut.« Sie zeigt auf den Eisenständer mit dem Tropf.

Er preßt die zahnlosen Kiefer aufeinander. »Das ist kein Blut!«

Sorgfältig legt er den Schlauch vom Tropf wieder zurecht. »Na ja ... es ist mir auch egal, was die da reintun.«

Dafür hat sich also ein Menschenfreund von einem Liter Blut getrennt, denke ich, während ich auf das Säckchen Blutplasma starre, das mit Pflastern am Eisenständer befestigt ist. Dafür ist jemand zur Blutabnahme gegangen, hat mit einer Kanüle im Arm dagelegen, um diesem arroganten alten Kerl von sechsundachtzig Jahren auf die Beine zu helfen. Es war schon seine dritte Packung.

»Er ist wieder ganz der alte!« hatte Evelien nach der ersten Transfusion gesagt. »Unleidlich wie eh und je.«

Wir sahen uns zusammen ein Zimmer an, das in einem Pflegeheim am anderen Ende des Dorfes frei war. Ob es ihm nun gefiel oder nicht, er konnte nicht in sein Haus zurück. Er war unfähig, sich selbst zu versorgen.

Vor einem Jahr hatte ihn Evelien so weit gekriegt, sich das Heim wenigstens anzusehen. »Abendrot«. Er war nicht gerade hingerissen. Der Direktor war auch nicht hingerissen. Pa hatte sich in die Hosen gepinkelt und stank nach Urin.

Jetzt, da ihm nichts weiter übrigblieb, hatte er auch noch Glück: Im Erdgeschoß war ein Zimmer freigeworden. Ein Zimmer mit einer Tür in den Garten. Aussicht auf sprießende Forsythien, einen Rhododendron, einen Wanderweg, sumpfiges Poldergras und einen kleinen Teich. In der Ferne blinkte die Autobahn.

Das Zimmer maß exakt vier mal vier Meter. Und da sollte ein Bett rein, ein Stuhl, ein Tisch, der Fernseher und der ganze persönliche Kram ... Lieber Gott, bewahre mich vor so einem Lebensabend!

Natürlich hätte er sich selbst etwas suchen können, aber er zog es nicht einmal in Erwägung, eine Altenwohnung zu kaufen.

Vor drei Jahren, als er körperlich noch in Ordnung war, bekam er ein geräumiges Appartement in einem Altenheim angeboten, aber damals fiel es ihm schwer, die Mäuse, Ratten, Tauben oder sonstigen Viecher, die sich bei ihm eingenistet hatten, im Stich zu lassen. Und in den letzten sechs Monaten hatte er nicht nur jegliche Hilfe abgelehnt, sondern sich auch geweigert, irgendwelche Maßnahmen zu ergreifen. Nun übernehmen wir das für ihn. »So, Pa, das wäre geregelt.« Fuchsteufelswild sei er geworden, sagte Truus später zu Evelien. Wütend hatte er auf sein Bettgestell eingetreten: »Verdammt noch mal, die können mich nicht zwingen, mein Haus zu verlassen, die sind wohl nicht ganz bei Trost ...« Als Evelien mit dem Papierkram ankam, all den Formularen, die er unterschreiben sollte, weigerte er sich. Auch die Sozialarbeiterin war machtlos. Niemand bekam eine Unterschrift von ihm.

»Macht nichts«, sagte sie. »Dann geht er eben ohne.«

»Der Fernseher kann dorthin, und hier würde ich den Sessel hinstellen und ...« Evelien demonstrierte, wie sie es sich vorgestellt hatte. Unterdessen bespannte sie das sogenannte Seniorenbett mit einem neuen Laken. Erst kam ein weißes Frotteetuch über die Matratze.

»Das pißt er doch gleich voll.«

»Nicht, wenn man das noch drüberlegt.«

Sie faltete eine weiche, weiße Plastikfolie auseinander. Wir stülpten den Gummirand der Unterlage um die Matratzenecken.

»Und dann ... oh je, die ist noch nicht registriert.« Zögernd blieb sie mit dem neuen Bettbezug stehen.

»Das kannst du doch nächstes Mal machen. Laß ihn doch in der Zellophanhülle liegen, das werden sie schon verstehen.«

Im Heim hatten sie seine Sachen gekennzeichnet und in den Schrank gehängt. In den paar Tagen war viel passiert. Abends wollten Evelien und Jacco ein paar Möbel herbringen.

»Und wenn wir nun dort einen Schrank hinstellen ...«

»Etliches können wir auch noch unter dem Bett verstauen. Es ist ganz schön hoch. Kisten und Koffer ...«

»Koffer?« Evelien lachte mich aus. »Glaubst du etwa, er reist noch? Oder was willst du in die Koffer packen? Fotoalben? Bücher? Die schaut er sich sowieso nie an. Du bist eine Romantikerin.«

Oh Gott, bewahre mich vor solchen Aussichten. Wo würde ich denn alle meine Fotos lassen? Unter dem Bett hier könnte ich sie jedenfalls nicht verstauen.

Die altrosa Samtgardinen und die rosa Auslegeware haben wir von der Vormieterin übernommen. Nagelneu. Eine Frau, die es vom Krankenhaus nicht mehr bis ins Abendrot geschafft hatte. Ich mache einen Küchenschrank auf. Winzige Fächer.

»Pa wird nicht wissen, wohin mit seinen Einkäufen!«

Er litt an Kaufzwang. Zu Hause in seiner Küche standen die Kartons voller Sonderangebote aus dem Supermarkt wieder mannshoch. Im Vorraum stapelten sich die Taubenfuttersäcke. Ein Sack enthielt Spezialfutter für Amseln: plattgedrückte Insekten. Das halbe Pfund zu acht Gulden sechzig. Von dem Fünfundzwanzigliterssack war nur noch der Bodensatz übrig.

»Das füll' ich ihm in eine Büchse«, fiel meiner Schwester ein. »Und bißchen was von dem Taubenfutter für die Tauben vor der Dorfkirche. Hier darf er nur einen Meisenknödel aufhängen. Tauben und Möwen sind hier unerwünscht, denn sie verdrecken die Fensterscheiben.«

Ich hatte sofort das Bild eines schreienden Möwenschwarms vor Augen, der im Spiralflug weiße Kleckse aus der Luft abwarf. Schwupp, wieder einer auf der sauberen Scheibe. Wir starren beide hinaus. Das kann ja was werden! Ich glaube kaum, daß er sich das Füttern verbieten läßt.

»Und wenn er es wirklich tut?«

»Dann schließen sie diese Tür ab, und er kann vom Zimmer aus nicht mehr ins Grüne.«

Das hier ist ein Gefängnis, soviel ist klar. Ich kann ihn mir da gar nicht vorstellen. Sind wir womöglich zu voreilig gewesen?

Das Zimmer wartet. Kleines Zimmer mit großer Aussicht.

# 6

Ich hatte auch einmal ein kleines Zimmer mit großer Aussicht, in jenem Hotel am Jachthafen von Marseille. Mein Vater nahm mich auf Geschäftsreise mit. Ich war neun und konnte gerade *bonjour* und *merci* sagen. Mehr Französisch brauchte ich bei unseren Mittagsmahlzeiten mit den ständig wechselnden Damen auch nicht. Unter dem Tisch schlangen sie ihre nackten braunen Beine um die meines Vaters. Ab und zu verschwand seine Hand in einer Bluse. Lippenstift verirrte sich an seinen Hals, rötete sein Oberhemd … Ich vertiefte mich in das Rot der Erdbeersauce auf den Eisbechern, die die Damen für mich bestellten. *Merci, merci beaucoup*. Nachts besuchte ihn immer dieselbe. Sie benutzte ein besonders durchdringendes Parfüm, das erst nach dem Frühstück vom Aftershave meines Vaters übertönt wurde. Old Spice. Von ihr bekam ich nie etwas. Abgesehen von den langen schwarzen Haaren, die sie im Badezimmer hinterließ. Und von kalten Schauern, die mir über den Rücken liefen, wenn sie mitten in der Nacht ihr klägliches Geschrei ausstieß. Wenn mein Vater morgens zu einer Besprechung gegangen war, stand ich in seinem Zimmer und stöberte in den Sachen herum, die er sorglos herumliegen ließ. Ich begriff nicht, warum er mich mitgenommen hatte.

Es war ein komisches Gefühl, in seinem vollgeramschten Haus zu stehen und zu wissen, daß er nicht mehr zurückkommen würde. Nie wieder. Zu Sankt Martin hatte ich ihn das letzte Mal in seinen vier Wänden gesehen.

»Hab' ich dir das Geld ...?«

»Jaaaaa!«

Seine Laterne würde hier nicht mehr brennen.

Was für Möbel sollten wir für Haus Abendrot aussuchen? Der Fernseher war viel größer, als ich gedacht hatte. Der eine Schrank auch. Alles roch nach Zigarre. Es war aber einigermaßen sauber und aufgeräumt. Die Teddys saßen ordentlich nebeneinander auf dem Sofa.

»Es sieht gar nicht so schlampig aus.«

»Das wär' ja noch schöner, wo Jacco und ich uns einen ganzen Tag lang geplagt haben«, gab Evelien zurück. »Jacco hat sogar schon die Bemerkung fallenlassen, daß es nicht mal sein eigener Vater sei!«

Die beiden legen mehr Wert auf Sauberkeit und Ordnung als ich. Ich fand die ganze Aktion übertrieben.

Aus dem Bücherschrank hole ich ein paar Time-Life-Hefte heraus. Eine Naturserie? Etwas über Island vielleicht? Nein, Matisse, Picasso ... »Kriege ich später die Kunstbände?« Er hatte mir seine Bücher schon zigmal versprochen. Und zwar immer dann, wenn ich mit dem Zug gekommen war und sie nicht mitnehmen konnte. Stand ich mit dem Auto vor der Tür, behauptete er, sie demnächst auszusortieren. Kein Mensch interessiert sich für meine Bücher, beschwerte er sich häufig. Dafür hätte ich ihn jedesmal ohrfeigen können.

Ich öffnete die Schranktüren im Wohnzimmer. Im Gegensatz zu Evelien machte es mir nichts aus, in seinen Sachen herumzuschnüffeln.

»Er ist ja nicht tot! Alles ist und bleibt in seinem Besitz, wir nehmen ihm nichts weg. Er kann selbst entscheiden, was damit werden soll, aber vorläufig müssen wir etwas für das Abendrot aussuchen. Damit er dort einen guten Start hat. Oder willst du das Fremden überlassen?«

Die Schrankfächer waren so leer, wie wir sie nach dem Großreinemachen hinterlassen hatten. Er räumte nie etwas weg. Irgendwo stand eine Holzkiste, die rundherum mit Blumenmotiven verziert war. Beim Saubermachen war mir diese Kiste aufgefallen. Sie ist der einzige Gegenstand, den ich einmal von ihm erben möchte. Die Bücher zählten nicht, denn die habe ich ja schon vor hundert Jahren bekommen.

»Willst du auch oben nachsehen?«

Warum nicht? Ich war neugierig. Und vielleicht stand da ja ein besserer Schrank oder ein Tisch für den Fernseher. Auf halber Treppe wurde ich von einem krachenden Donnerschlag, der dröhnend verebbte, überrascht. Erschrocken drehte ich mich zu Evelien um.

»Ach, Hagel und Schnee schließt Gewitter nicht aus, nun geh schon!«

Das kleine Zimmer, das wir damals vollgerümpelt hatten, sah ziemlich übersichtlich aus.

»Das ist ja viel leerer, als ich dachte!«

»Ja, was glaubst denn du! Daß es mit dem Putzen allein getan war?«

Ich hatte an die zwanzig Tonbandgeräte in Erinnerung, aber es waren nur drei. Ein Wäschekorb voller Duschutensilien und Medikamente ... fort! In den Abfall gewandert? Ha, eine Schachtel mit einem Diaprojektor. Funktioniert der noch? Ja. Den nehme ich mit, Pa braucht ihn ja doch nicht mehr. Und der Schreibtisch dort ...

»Den Schreibtisch möchte Truus haben, wenn wir ihn ausrangieren. Es ist früher ihr Zimmer gewesen.«

Das Furnier der Tischplatte hatte sich verzogen, wohl wegen der feuchten Grünpflanzen, die draufgestanden haben. Trist verdeckten ausgeblichene Stores die Aussicht auf die Straße. Ich konnte mir schwer vorstellen, daß jemand meinen Vater so sehr gemocht hatte, daß er sich freiwillig in diese Abstellkammer setzte.

»Sieh mal, der würde auch gut passen.«

Evelien zeigte auf einen Wandschrank mit furnierten Brettern, die an goldfarbenen Stahldrähten hingen, zwei Türen und einer Art Schreibplatte. Meine Schwester verstand was vom Einrichten und würde zweifellos das Beste daraus machen. Vier mal vier Meter. Wer sich so was ausdenkt!

Ich schnüffelte im Bücherschrank. Eine Reihe grüner Buchrücken mit hartem Einband. Schiller, Nietzsche. Dazwischen fand ich einen Krimi-Band. Und einen Hemingway.

»Ist das nichts für dich?« Sie zeigte auf das Kochbuch einer Frauenzeitschrift.

»Wenn da drinsteht, wie man Braten macht ...«

Die Schachtel mit dem Diaprojektor stellte ich in den Flur und legte den Krimi oben drauf, als Zuglektüre. Ich warf einen Blick zur Bodenluke. Besser nicht. Schon der Gedanke, daß ich dort zwischen den Spinnweben herumkroch, wäre für Evelien zuviel gewesen. Durch den Türspalt schaute ich ins Schlafzimmer. Auf den Läufern zeichneten sich, genau wie im Flur, große Flecken ab.

»Würde der Schrank dort nicht passen?« rief ich.

»Pfui, nein, der ist total verdreckt.«

»Ein bißchen Seifenlauge und …« Ich versuchte abzuschätzen, ob der Schrank in die Gefängniszelle passen würde.

»Bah! Dort hat ein Scheißhaufen gelegen!« Sie zeigte auf den dunklen Fleck in Hüfthöhe. Wie hatte er das bloß geschafft? Ich empfand beinahe Bewunderung. Der alte Mann und die Scheißerei. Schnell holte ich den Hemingway aus dem anderen Zimmer und legte ihn zu dem Krimi. *Haben und Nichthaben* lautete der Titel.

Ich öffnete den Einbauschrank über der Treppe. Lauter Hosen und Jacketts.

»Welchen Anzug soll er denn tragen, wenn wir ihn aufbahren?«

Evelien hatte mit Truus die Sachen herausgesucht, die er ins Abendrot mitnehmen sollte. Dabei hatte sich die Ex als besonders praktisches Wesen entpuppt und einen Anzug hervorgeholt, den sie schon für diesen Zweck hatte reinigen lassen. Der passende Schlips hing über einem Strick, der quer an der Schranktür befestigt war. Da Truus bereits einen Ehemann und einen Vater beerdigt hatte, wußte sie, daß man auf solche Dinge gar nicht rechtzeitig genug vorbereitet sein konnte.

Der Kleiderschrank war gerammelt voll.

»Diesen.«

Evelien zog ein feinkariertes schwarzweißes Jackett heraus. An sich kein Kleidungsstück, in dem ich meinen Vater kannte. Dann schon eher die sandfarbenen Cordanzüge und die klobigen Schuhe aus Juchtenleder. Die standen ihm immer gut und paßten auch zu seinem Typ. Der Schlips an der Innentür war dunkelgrün oder blau oder … von unbestimmter Farbe. Eine unbestimmte Farbe ist überhaupt nichts für ihn. Vielleicht kaufe ich dir noch einen hübschen Schlips, Pa. Mit Krähen oder Tauben drauf. Oder Schweinchen. Oder Teddys? Auf einem der Kleiderschränke in seinem Schlafzimmer saß eine ganze Reihe brauner, schwarzer und weißer. Zwei Dickerchen lagen unter seinem rotkarierten Bettzeug, unter der Daunendecke in Doppelgröße. Jaja, Pa, wer weiß, was du in diesem Bett alles getrieben hast. Hier hast du fast vierzig Jahre lang geschlafen, und jetzt wirst du es nie wieder tun. Ich starrte auf das Bett und fühlte nichts. Plötzlich erleuchtete ein Blitz das Zimmer, dann folgte der Donner. Schnell schloß ich die Tür hinter mir.

Die Schachtel mit dem Diaprojektor und die beiden Bücher im Arm, lief ich durch den Vorgarten. Unwillkürlich duckte ich mich, weil es wieder blitzte und der dritte Donner krachte. Evelien eilte hinter mir her. Sie hatte noch eine Ladung Taubenfutter auf das Plateau in dem engen Gärtchen hinter dem Haus gestreut. Eigentlich müßte ich gar nicht mehr streuen, sagte sie, keine Taube in Sicht. Sie war kaum im Haus, als sich schon dreißig auf das Plateau drängten und die Körner verschlangen.

»Die haben aber Hunger!«

»Ja, es ist schon vier Tage her, daß sie was gekriegt haben. Ich dachte, sie wären bereits entwöhnt.«

»Mitten im Winter?«

Ich wollte nicht weiter darüber nachdenken. Ich wollte nicht werden wie mein Vater, der den armen Täubchen schönes Futter gab und bald die gesamte Taubenbevölkerung des Dorfes verpflegen mußte. Der ersten Ratte, die in seinem Keller auftauchte, setzte er Käse vor und dachte, es werde bei der einen bleiben. Erst als sich mehrere Großfamilien bei ihm breitmachten, die Holzwände zernagten und nachts auf ihm herumtanzten, wurde es ihm zuviel. Rattengift. Um jede krepierte Ratte weinte er bittere Tränen.

Mit der Schachtel vor dem Bauch kam ich mir vor wie auf dem Präsentierteller. Sahen mich die Nachbarn? Was dachten sie? Das ist doch jene Tochter, die sich nie blicken ließ und jetzt alles mitgehen läßt? Evelien kannten und schätzten sie bestimmt: die gute Tochter. Vielleicht ist die andere ja auch eine Freundin. Aber sieht sie ihm nicht ähnlich? Ja, Leute, mein Vater wohnt hier. Mein Vater? Mit diesem Dorfnarren habe ich nichts zu tun!

»Am schwersten fällt es mir, wenn er so nett ist«, sagte Evelien. »Das kommt in letzter Zeit öfter vor. Dann hat er Tränen in den Augen, weiß nicht, was er sagen soll, und drückt mir die Hand. Ich sehe, wie er nach Worten ringt, und fühle, daß er über sein Leben nachdenkt. Vielleicht sieht er ein, daß es nicht gerade eine Meisterleistung war.«

Ich überlegte. Was tun, wenn man an seinem Bett sitzt, und er bittet einen um Vergebung. »Ich hätte öfters zu Hause sein sollen. Ich hätte dir mehr zuhören sollen, als du noch klein warst. Ich hätte dich nie ...« Am besten gar nicht daran denken. Hoffentlich kommt es nie dazu. Ich wollte ihm nicht vergeben. Ich wollte nicht sagen müssen: Pa, ich vergebe dir, daß du mich immer manipuliert hast, daß du mich verunsichert hast, daß du nie an mich geglaubt hast, daß du nie lieb zu mir gewesen bist ... Es hat dich nicht interessiert, was ich mache. Bildende Kunst? Du hast mich nie gefragt, warum.

»Verdienst du wenigstens was mit dem Zeugs, das du machst?«

Als ich böse wurde, hast du hämisch gegrinst.

»Wenn die Leute so verrückt sind, dafür Geld auf den Tisch zu legen.«

Evelien zündete sich eine Zigarette an, bevor sie den Motor anließ.

»Ich glaube, ich vertrage es nicht, wenn er nett ist, ich bin das einfach nicht gewöhnt.«

»Nein, wir können besser mit einem grollenden Griesgram umgehen.«

Eine markante Persönlichkeit, so nannte man ihn im Dorf. Was für eine Freundlichkeit hier unter den Leuten herrschte!

Es pfeift, heult und poltert. Draußen in meinem Garten. Es stürmt. Die schwarz vom grauen Himmel abstechenden Äste der kahlen Ahornbäume peitschen hin und her. Vielleicht fällt einer um. Vielleicht auch nicht. Eine Nacht zum Sterben, denke ich, während der Regen auf das Dach des Wintergartens prasselt. Ein Orchester: Piano, Stakkato, Forte! Wenn ein Ahorn in diese Richtung fällt, durchstößt er das Dach und trifft mich genau am Kopf. Es ist wirklich eine Nacht zum Sterben.

Heute morgen ist er ins Abendrot verlegt worden. Mit kleinen, vorsichtigen Schritten trippelte er an Eveliens Arm in sein neues Heim. Um halb zwei ließ sie ihn allein. Er saß in einem großen, neuen Sessel. Um drei, als Truus kam, saß er immer noch in dem Sessel. Sie hat ihm mindestens zehnmal erklärt, wie er das Licht anknipsen kann. »In seinen Augen lauert schon der Tod«, hat sie später zu meiner Schwester gesagt. Um halb sechs kam Jacco. Vater saß noch immer im Sessel. Im Dunkeln.

»Wo bin ich denn?« rief er, als das Licht anging. »Oh, meine Teddys ...« Das Wiedersehen mit den Teddys freute ihn. »Das Zimmer ist nicht schlecht.«

Jacco sah auf dem Fensterbrett einen zerkrümelten Keks liegen. Offenbar hatte Pa die Vögel füttern wollen, die Tür aber nicht aufgekriegt.

Lauert der Tod in seinen Augen? Vielleicht ist es wahr. Der arme alte Knacker. Soll ich ihn in den nächsten Tagen noch einmal besuchen? Oder lieber nicht? Ich habe die Wahl. Er nicht mehr. Wenn er heute nacht aus dem Bett fällt und erst morgen früh gefunden wird, ist es vorbei. Die Gefahr besteht durchaus. Im Krankenhaus ist es ja schon einmal passiert. Er hat keine Kraft mehr. Im Abendrot ißt er kaum noch was. Er sagt, er habe keinen Hunger. Dann eben nicht. Ich werde ihn nicht dazu zwingen.

Der Wind nimmt ab. Es wird merkwürdig still. Der Tod? Ein Schlips mit Teddys würde ihm gefallen. Ich werde ihm einen kaufen.

»Ich kann dich und Pa nicht gleichzeitig besuchen, Ma! Wir müssen jetzt alles für ihn regeln.«

»Ja, ja, er braucht euch jetzt.« Das verstand sie. Ihre Geschichten am Telefon klangen jedesmal wimmer, und wir machten uns Sorgen um sie.

Sie vergaß viel. Sie verlegte immer mehr. Nicht nur Dinge zum Anfassen wie das Telefonbüchlein, ihre Tasche oder das Hörgerät, sondern auch viele Erinnerungen an früher. Wenn sie einen bestimmten Vorfall nicht mit Namen, Daten oder Orten in Beziehung setzen konnte, verstand ich das ja noch. So etwas gehörte eben zum Alter. Aber daß sie auch die schönen Dinge vergessen hatte, die Ferien mit Eveliens Familie – in den Ardennen, in Frankreich, in Zeeland und auf Schiermonnikoog. Die Reisen, die sie allein unternommen hatte, nach Paris, Rom und Athen. Nichts wußte sie mehr davon!

Das macht mir angst. Werde ich später auch alles vergessen? Daß ich am Ufer des Ganges die Morgennebel aufsteigen sah? Daß ich auf der Terrasse von Pierre Loti in Istanbul die Aussicht genoß, daß sich die Berliner Mauer so rauh anfühlte, daß mir die Blumenverkäuferin auf einem kleinen polnischen Bahnhof ein Veilchensträußchen in die Hand drückte, daß mir auf dem Vatnajökull in Island das Herz im Halse schlug, daß die warmen Wellen an jenem Jamaikastrand so angenehm waren ... Kann man all das vergessen? Hätte ich dann all die

Reisen umsonst gemacht? Kann sich denn alles, was man im Leben gelernt hat, verflüchtigen? Wer ist man überhaupt noch, wenn die Erinnerung schwindet? Wenn man nicht mehr weiß, welchen Herausforderungen man sich gestellt hat, welche Grenzen durchbrochen und wie man über sich selbst hinausgewachsen ist? Das tut man nicht für andere, das tut man für sich. Aber wenn man alles vergißt?

Ich versuchte mir auszumalen, wie es wäre, wenn ich meine Vergangenheit nicht mehr kennen würde. Wenn ich mich nur im Hier und Heute bewegen würde. Leer stellte ich es mir vor. Und kalt. Ist es kalt, Ma? Ihre Welt wurde klein, das stand fest. So klein, daß sie nur noch auf das Telefonbüchlein fixiert war, das sie unbedingt »auf den neuesten Stand« bringen mußte. Meine Mutter, die Homer gelesen und mir in der Schule bei Griechisch und Latein geholfen hatte, tut sich jetzt schwer mit dem Telefonverzeichnis! »All die Nummern, die sich ständig ändern, und die Postleitzahlen ... Nichts stimmt mehr!« In ihrer Panik fängt sie immer wieder von vorn an, weil sie den Überblick verloren hat.

Hin und wieder wird sie von Halluzinationen heimgesucht. Der Hausarzt erklärte Evelien, daß sie von einem absterbenden Blutgefäß im Gehirn verursacht werden. An manche Halluzinationen hatten wir uns schon gewöhnt. Blumen oder bunte Flecken sah sie schon seit ihrer Operation vor fünf Jahren, als sie ein Glaukom hatte. Auf einem Auge wurde sie blind. Im Krankenhaus sah sie dichte Urwälder, durch die sie sich einen Weg bahnen mußte. Daß die Schwestern einfach durch die Bäume hindurchliefen, brachte sie aus der Fassung. Alten Leuten im Krankenhaus geht es häufig so, aber das hatte ihr keiner gesagt. Uns auch nicht. Blümchen und Farbflecken sind nicht so schlimm. Aber jetzt kamen Gesichter die Treppe herauf – und keine besonders freundlichen, sagte sie. Am

Telefon beruhigte ich sie. Es habe mit ihren Augen zu tun. Von Durchblutungsstörungen des Gehirns und absterbenden Blutgefäßen sprach ich lieber nicht.

»Weißt du noch, als du im Krankenhaus Urwälder gesehen hast, Ma?«

Es dauerte zwar ein Weilchen, fiel ihr aber wieder ein.

»O ja, das war verrückt, nicht? Die Schwestern gingen einfach durch die Bäume durch!«

Erleichtert konnte sie danach wieder einschlafen. Ich lag noch lange wach.

Evelien fand ihn nicht in seinem Zimmer. Er saß in einem wohnzimmerartigen Speisesaal neben einem freundlich nikkenden Mann. »Jacobs, angenehm. Nicht der vom Kaffee. Ihr Vater hat aber einen schlimmen Husten!« vertraute er meiner Schwester an.

Sie führte Pa am Arm über den Gang in sein Zimmer. An den Briefkästen in der Eingangshalle vorbei. Sie machte seinen auf und holte eine Zeitung und zwei Karten heraus.

»Sieh mal.« Eine der Karten war von mir.

»Ist mir egal.«

»Wollen wir die nicht mitnehmen?«

»Nein, ist mir egal. Steck sie zurück.«

»Meinst du wirklich?«

»Steck sie wieder rein, ich will sie nicht haben!«

Grollend lief er weiter. In seinem Zimmer ließ er sich aufs Bett fallen.

»Soll ich lieber gehen?« fragte sie.

Ja, sie sollte lieber gehen.

Heute nacht stürmt es wieder. Aber nicht so schlimm wie vorige Woche.

Es ist keine Nacht zum Sterben: Zwischen den Ästen schwingt nichts Dramatisches mit.

Jetzt sitzt er dort seit einer Woche. Abendrot. Morgendämmerung. Nachtblick. Himmelreich.

Jacco hat ihn über Mittag besucht. Pa lag vollständig angezogen im Bett und antwortete auf keine seiner Fragen.

# 7

Um Viertel nach vier, mitten in der Nacht, höre ich meine Mutter zum Anrufbeantworter sagen: »Es ist niemand dagewesen, und Personal habe ich auch noch keins zu sehen bekommen. Na ja, ich wollte euch mitteilen, daß ... äh, ihr wißt ja, daß ich in der Anstalt bin. Aber kein Mensch sagt was zu mir.«

Am nächsten Morgen war nicht mehr zu überhören, daß sie total wirr im Kopf war. Ich brauchte nicht viel zu sagen. Ihre Empörung über die Anstalt, in der sie sich aufhielt, war echt: »Ja, als ich heute früh in den Flur ging, ich meine, kein Mensch kam mich wecken, man wird einfach seinem Schicksal überlassen. Na ja, ich ging in den Gang hinaus, und komischerweise war keiner zu sehen. In den anderen Gängen auch nicht. Und dann war da eine Tür und dahinter lag die Küche, neben einer Art Stube. Da hörte ich was, aber ich konnte niemanden sehen. Personal habe ich überhaupt noch keins gesehen. Ich nahm mir ein Stück Kuchen aus dem Kühlschrank. Ich wußte aber nicht, ob es mir gehört. Hier kann man sich einfach bedienen. Alle gehen hier ein und aus. Und kein Mensch sagt was zu mir. Und es war schon dunkel, weißt du, nachdem der ganze Besuch weg war, und ich lief durch die Gänge, mit all den Türen, und ich konnte doch nicht überall nachsehen. Aber hinter der einen Tür bei der … äh, sagen wir mal, Stube, da war eine Küche. Ich habe ein bißchen abgewaschen, weil es ja sonst niemand macht. Personal habe ich noch keins gesehen. Na ja, alle gehen hier ein und aus, und nun weiß ich nicht, wer zum Personal gehört und wer Patient ist, sozusagen, dabei bin ich doch hier, damit ich gesund werde, aber wenn das so weitergeht, dann bleibe ich bestimmt nicht. Hier wird man nur noch kränker.

Daß man sich auch noch selbst versorgen muß! Man nimmt sich zu essen, was gerade dasteht. Hier kümmern sie sich um nichts. Dabei wäre es doch nur normal, wenn der Besuch, nicht wahr, der muß doch auch wissen, daß man hier neu ist, aber kein Mensch sagt was zu mir. Den Fernseher haben sie auch beschlagnahmt. Das war schon vor Stunden. Ab und zu kommt noch was, irgendwas Politisches, glaube ich, aber zu mir sagen sie kein einziges Wort. Na ja, ich lasse mich nun mal nicht so schnell mit fremden Leuten ein, darum äh … Aber Personal habe ich noch keins gesehen. Und in den Gängen, weißt du, wenn es da dunkel wird, dann findet man sich doch gar nicht mehr zurecht. Ich meine, nirgends hängen die Hausregeln oder so. Es ist wohl gerade Wochenende, und da ist natürlich alles anders als sonst. Ja, ein paar saßen gerade vor dem Fernseher, und da habe ich mich dazugesetzt. Was sagst du? Jetzt? Ja, der Fernseher ist an. Ohne Ton, glaub' ich, ja, mir sagt ja keiner was. Ob sie noch da sind, wenn ich mich umdrehe? Nein, jetzt nicht, aber sie kommen bestimmt wieder. Alles ist so unscharf, ganz eigenartig. Nein, ich fürchte mich nicht. Ganz eigenartig, man weiß, daß es nicht wahr sein kann, es ist wie in einer anderen Welt. Aber Personal habe ich noch keins gesehen. Und aus dem Kühlschrank gleich bei der Tür habe ich mir ein Stück Kuchen genommen. Ich weiß nicht, ob es mir gehört, aber ich esse nachher auch noch das zweite Stück auf, bevor es mir jemand wegschnappt. Ich soll das Zimmer beschreiben? Ich bin froh, daß ich wenigstens mein Telefon noch habe. Die Aussicht? Ach, ich sehe ein Stück Dach von einer Druckerei, weißt du, und der Fernseher ist an. Ob sie noch da sind? Nein, jetzt sind sie weg. Was, ist das mein eigenes Zimmer? In meinem eigenen Haus? In der Tuinbouwstraat? Ja, natürlich erkenne ich meine eigenen Möbel. Aber es ist so ein großes Gebäude, du weißt schon, ein Krankenhaus oder so. Oh, kommt Evelien nachher vorbei? Die ganzen Besuchszeiten, wie soll man sich das merken. Und in den Gängen ist keiner zu sehen. Die Hausregeln hängen auch nirgends, alles muß man sich selber zusammensuchen. Und dann muß man sehen, wie man was zu essen kriegt. Wenn das so weitergeht, dann weiß ich mir auch keinen Rat mehr. Dann bleibe ich nicht hier!

Ja, die Schokolade habe ich dankend äh ... Jannie hebt sie für mich auf. Aber ich habe nicht mal einen eigenen Schrank. Und wenn ich dann davorstehe, ich meine, hier kann ja jeder ein- und ausgehen. Ich kann mich doch nicht wie ein Portier vor dem Schrank aufstellen. Und der Arzt hat sich so undeutlich ausgedrückt. Auf dem einen Röhrchen stand einmal vor dem Schlafengehen, und auf dem anderen stand äh ... na ja, irgendwas Unleserliches. Außerdem mußte er zu einem Notfall oder so, da konnte ich ihn nichts mehr fragen. Ja, ich setzte mich gleich wieder hin. Sie haben hier ganz interessante Bücher, glaub' ich. Ich habe gerade eins gesehen, es lag auf dem Tisch. Irgendwas über äh ... wie war das doch gleich, na du weißt schon. Ja, ich warte, bis Evelien kommt. Aber wenn das so weitergeht ... na ja.«

Ohne Gruß legte sie auf.

Wenn wir das Telefon nicht hätten! Wir berieten uns mit dem Hausarzt. Nun sollte ein Psychologe von irgendeiner Einstufungskommission vorbeikommen, um festzustellen, wie weit die Demenz schon fortgeschritten war. Auf welcher Stufe der Leiter, die in den Brunnen hinabführt, stehst du? Glück im Spiel, Pech in der Liebe. Pech in der Liebe hast du schon gehabt, und jetzt kriegst du auch noch Pech im Spiel, Ma. Bei der letzten Runde *Mensch ärgere dich nicht* wurdest du hinausgeworfen, und jetzt würfelst du keine Sechs mehr. Ob es dich aus deiner Isolation erlöst, wenn wir dich tagsüber in einem Pflegeheim unterbringen? Ich sehe dich schon in so einer graugestrickten Frauenrunde sitzen und bei Heino mitsingen. Tralilala. Schon bei dem Gedanken wird mir ganz anders. Du bist nie der Bingo-Typ gewesen, Ma. Du magst klassische Konzerte. Chopin, Haydn, Mozart und Beethoven. Gibt es für Leute wie dich gar keine Lösung?

Evelien war bei dem Einstufungsgespräch dabei und wunderte sich darüber, wie viele gute Antworten du gabst. Als wäre alles in Ordnung. Das ist oft so, sagte der Psychologe hinterher. Wenn Fremde dabei sind, können sie offenbar Reserven mobilisieren. Das hält jedoch nicht lange.

Es hielt überhaupt nicht. In den darauffolgenden Tagen konntest du dich nicht mehr ordentlich anziehen. Du machtest dir keine Schnitten mehr. Du verlorst deine Tasche. Die Uhr. Das Goldkettchen aus Thailand, das du von Karel bekommen hast. Die Brosche von Tante To. Und ein Stapel Kontoauszüge verschwand aus der Schreibtischschublade. Du kamst mit Briefen von der Bank an, die zehn Jahre alt waren. Offensichtlicht räumtest du deine Habseligkeiten den lieben langen Tag von der einen Ecke in die andere. Der Hausarzt empfahl uns, in den Mülltonnen nachzusehen. Und im Papierkorb. Heulend riefst du an und sagtest, daß dir ein Haufen

Geld entgangen sei. Du hattest nicht rechtzeitig auf einen Brief geantwortet, der dir einen Millionengewinn ankündigte. Wegen einer dummen, an dich adressierten Lotteriewerbung, die du früher sofort weggeworfen hättest!

Eine neue Phase begann. Es war klar, daß du professionelle Hilfe brauchtest.

»Sie läßt sich nicht bevormunden. Wenn sie sagt, daß sie das und das noch selber kann, dann können wir doch nichts machen, auch wenn wir wissen, daß es nicht stimmt. Sie will keine Hilfe!« Evelien wußte keinen Rat. Ich schon. Da hilft nur Erpressung!

»Du hast ihr doch versichert, daß sie so lange wie möglich in ihrem eigenen Haus bleiben kann? Das geht aber nur, wenn sie Hilfe von außen akzeptiert! Wenn nicht, dann muß sie demnächst gleich ins Pflegeheim! Halte ihr doch Pa als Beispiel vor, dann weiß sie, was ihr blüht.«

Das mag hart klingen, Ma, aber was hätten wir denn sonst machen sollen? Nachdem Evelien das einmal eingesehen hatte, konnte sie dich leicht dazu überreden, Hilfe anzunehmen. Nun kommt die Hauspflege dreimal am Tag. Am Morgen sieht jemand nach, ob du dich ordentlich angezogen und die Heizung angestellt hast, und gibt dir deine Medikamente. Mittags kommt jemand und wärmt dir das Essen auf – wir haben dir eine Mikrowelle gekauft –, und abends gegen halb zehn kommt jemand und gibt dir das Haldol gegen die Halluzinationen. Du mußt dich erst daran gewöhnen, daß plötzlich so viele Leute bei dir verkehren, sagst du. Ich wunderte mich nicht mehr, daß in deinen Wahnvorstellungen ständig Leute ein- und ausgingen.

Meine ganzen Erklärungen hätte ich mir sparen können. Neue Informationen nahm sie kaum noch auf. Bei Geldsachen zum

Beispiel. Seltsam, denn wenn jemand was von Bankgeschäften, Kapitalanlagen, Debets, Krediten oder Depositen verstanden hatte, dann sie! Aber jetzt konnte sie nicht einmal mehr zwei Zehnguldenscheine, drei Fünfundzwanzigguldenscheine und die paar Münzen in ihrem Portemonnaie zusammenzählen. Sollte ich ihr etwa hundertmal erklären, daß ich ihre Finanzen regelte, weil sie senil wurde? Weil sie nicht mehr wußte, was sie tat? Weil sie zuviel Geld im Haus hatte, das sie dauernd woanders versteckte, und weil ihr im letzten Jahr ständig Geld abhanden gekommen war? Wenn ein Briefumschlag mit Hundertern verschwand, schickte sie Jannie einfach zur Bank und ließ sie ein hübsches Sümmchen abheben. Vor Jahren hatte sie ihr eine Vollmacht erteilt, weil es praktischer war, aber damals hatte sie selbst noch alles im Griff. Verstehst du nicht, daß wir das ändern mußten, Ma? Nein, das verstandest du überhaupt nicht.

Das Mißtrauen gegenüber Evelien und mir gehörte zum Krankheitsbild. Das wußte ich aus den Büchern.

»Aber wenn ich jetzt, sagen wir mal, irgendwo was sehe, was ich gern haben möchte, dann muß das doch gehen?«

»Das geht ja auch! Du hast Geld im Portemonnaie, Ma! Zweihundert Gulden. Was du davon ausgibst, wird gleich wieder dazugelegt. Wie wir es besprochen haben.«

»Aber wenn ich nun irgendwo was sehe ...«

Du wirst nirgendwo mehr was sehen! Du kommst kaum noch auf die Straße, und es ist schon zehn Jahre her, daß du allein einkaufen gegangen bist!

»Wozu soll ich knausern, es ist mein Geld. Mitnehmen kann man es ja doch nicht.«

»Ma, natürlich ist es dein Geld! Du brauchst nicht zu knausern. Aber wenn du ein bißchen achtgibst, bleibt mehr für dich übrig.«

Statt einer Antwort folgte eine Geschichte von früher. Wie sie allein mit drei Kindern über die Runden kommen mußte, wie gut sie mit Geld umgehen konnte, und wie schwierig es trotzdem war, und daß Pa ... »Ich habe doch immer ...«

»Ja, Ma. Aber das kann Bankdirektoren genauso passieren. Die sind immer mit Millionen umgegangen, und plötzlich können sie das auch nicht mehr so gut. Das ist ganz normal. Der Duisenberg kommt auch mal ins Altersheim, weißt du!«

Ich telefonierte schon eine dreiviertel Stunde mit ihr. Meistens ließ ich sie das Gespräch beenden. Diesmal tat ich es.

Wir hatten ganz zufällig von den hohen Barauszahlungen erfahren, denn weder Evelien noch ich mischten uns normalerweise in ihre Geldangelegenheiten ein. Nachträglich wunderte es mich, daß uns Jannie nichts von den hohen Beträgen gesagt hatte. Sie hatte selbst eine Mutter, die altersschwachsinnig geworden war, und hätte die Symptome erkennen müssen. Daß meine Mutter halluzinierte, wollte sie kaum glauben. Davon hätte sie nichts bemerkt. Allerdings erwähnte sie, daß sie mit ihrem Mann einen ganzen Tag lang nach einem Briefumschlag gesucht hatte, den meine Mutter vermißte. »Siebenhundert Gulden steckten drin, glaub' ich, und sie war ganz außer sich ... Schließlich habe ich zu ihr gesagt, sie soll sich nicht so aufregen. Es ist ja bloß Geld, und davon hat sie ja genug.« Sie hat genug. Aber es war nicht Jannies Sache, das zu beurteilen.

# 8

Pa hatte einen Rückfall. Einen Zuckerschock. Am Morgen hatte man ihn im Koma gefunden.

Geh du nur als erste, sagt Evelien. Ich klopfe an die Korridortür. Keine Antwort, wie erwartet. Ich öffne die Tür. Hallo. Durch den Spalt der angelehnten Küchentür, die in sein Zimmer führt, sehe ich ihn liegen. Ich betrete das Zimmer. Eine flatternde Bewegung hinter den Augenlidern. Trotz seiner Schwerhörigkeit hat er etwas wahrgenommen. Er spürt es vielleicht.

»Tag, Pa.«

Er erkennt die Welt und verzieht den Mund zu einem kläglichen Lächeln.

»Ach, du bist das?«

Ich drehe mich nach Evelien um, die erleichtert aufatmet und den Mantel auszieht.

Morgens, Viertel vor acht, hatte sich eine Schwester bei ihr gemeldet. Wir haben Ihren Vater im Zuckerschock vorgefunden. Sein Zustand ist kritisch. Evelien rief mich an.

»Mein Gott! Sobald ich hier weg kann, mache ich mich auf den Weg.«

»Ich fahre gleich mit Jacco los. Warte erst mal ab, bis wir mehr wissen. Ich melde mich von dort.«

Sie rief Karel an.

»Das kommt jetzt aber sehr ungelegen ... Bist du allein? Kannst du frei sprechen oder nicht?«

»Nein!« sagte Evelien.

»Ruf mich noch mal an, wenn du ungestört bist.« Er erkundigte sich nicht nach dem Zustand seines Vaters. Er machte sich Sorgen um den Nachlaß. Daß Pa vor einigen Jahren Evelien eine Vollmacht für die Konten ausgestellt hatte, war ihm, dem Ältesten von uns und einzigen Sohn, natürlich ein Dorn im Auge.

Pa schluckt und kaut auf Luft.

»Ganz Popeye, der Seeman!«

Meine Schwester nickt. Ich sitze ihm am nächsten, auf einem geraden Stuhl neben seinem Bett. Er ist unruhig. Mal legt er die Hände über den Kopf, mal auf das Kissen, mal versucht er, sich am Bettrand abzustützen ...

»Liegst du unbequem, Pa?«

»Nein!«

»Soll ich dir helfen, eine andere Lage zu finden?«

»Nein!«

»Soll ich eine Schwester holen?«

»Nein!«

»Möchtest du was trinken?«

Heftiges Nicken. Ein Glas Wasser mit Trinkhalm steht bereit. Ich führe es an sein Gesicht. Seine Hand umklammert das Glas, und ich stecke den gebogenen Halm in das weiche Loch seines zahnlosen Mundes. Gierig saugt er das Wasser ein. Zwischen seinen eingefallenen Lippen bildet sich ein Tropfen. Auf seiner Oberlippe kleben Essensreste. Ein Netz von roten Äderchen überzieht seine Wangen, wie bei einem Alkoholiker. An seinen Wimpern klebt auch etwas. Mit weit offenem Mümmelmund nickt er ein.

Auf dem Couchtisch steht ein Glas mit Nüssen. Die hat ihm meine Mutter mitgebracht, als sie ihn vorige Woche zum ersten Mal besucht hat.

»Ach, du bist das?«

Sein Bewußtsein entschwebte und kehrte wieder.

»Wohnst du immer noch dort oben?«

»Ja, ich wohne immer noch dort oben, in der Tuinbouwstraat.«

Schon seit fast vierzig Jahren, seit ihrer Scheidung, wohnt meine Mutter dort.

»Und, gefällt es dir?«

»Ja, sicher gefällt es mir noch.«

Mehr wurde nicht gesagt.

»Und weißt du«, sagte sie später am Telefon, »als ich ihn beim Weggehen fragte, ob ich noch mal vorbeikommen soll, da leuchtete sein Gesicht richtig auf.«

Sie sprach wie eine alte Erzieherin von einem kranken Kind. Endlich war sie ihm überlegen. Endlich konnte sie ihn richtig bemuttern.

Ich muß mir merken, wie er liegt. Ich möchte ihn gern zeichnen. Fotografieren kann ich wohl nicht, frage ich überflüssigerweise. Evelien schüttelt den Kopf. Ich präge mir die Konturen seines Gesichts und seiner Arme ein. Ich muß an die Gipsmaske des toten Voltaire denken, die wir auf der Kunsthochschule abzeichnen sollten. Eingefallene Wangen, leere Augenhöhlen, abgezehrter Schädel.

Einen Tag später, im Zug nach Amsterdam, halte ich auf dem Skizzenblock meinen Vater auf dem Totenbett fest. Zweimal. Einmal normal. Das andere Mal mit weit offenem Mund.

»Könnte es nicht sein, daß Mama dieses Glas mit den Nüssen absichtlich hierher gestellt hat? Man muß sich richtig zwingen, sie nicht rauszunehmen, sie nicht – ratsch – mit den Fingern wegzuschnippen und in das offene Loch hier zu zielen ...« Ich drücke den Zeigefinger gegen den Daumen und lasse ihn hochschnellen. Evelien kriegt einen nervösen Lachanfall.

»Um die Wette? Wer ihn zuerst vollkriegt, hat gewonnen.«

»Dann gewinne ich«, sagt sie mit einem schüchternen Seitenblick zu Pa.

»Nein, ich!«

»Nein, ich!«

»Waschikschutnscho.«

Unser Vater hat gesprochen.

»Was sagst du, Pa?«

»Waschnikschtu tennscho.«

»Kannst du ihn verstehen?«

Evelien schüttelt den Kopf. »Ohne Gebiß ist er nicht zu verstehen.«

Ich beuge mich über ihn. »Pa, ich versteh' dich nicht richtig, sagst du es bitte noch mal?«

»Wasch nikschtu tenn scho.«

»Ach, du meinst, was nickst du denn so?«

Sein spitzes Kinn mit dem eingefallenen Mund bewegt sich heftig auf und ab.

»Evelien hat mich was gefragt, und ich habe genickt.«

Es wird wieder still im Krankenbett. Dann faßt er mit einer Hand nach einem Stück Kabel, das aus einer Plastikleiste an der Wand heraussteht. Ich vermute, es ist das Kabel der Alarmleitung, aber er benutzt es als Griff. Er will sich umdrehen. Er hat keine Lust auf Besuch. Er hat keine Lust auf uns. Was mache ich hier eigentlich?

»Draußen ist es schön kalt. Wollen wir nicht die Tür einen Spalt aufmachen, ein bißchen frische Luft ... äh ... Wollen wir vielleicht eine kleine Grippe? Eine große kleine Grippe?« Ich kann es mir nicht verkneifen, meine Schwester ein wenig zu frotzeln.

Das Loch in seinem Gesicht fasziniert mich. Ich nehme einen Reklameprospekt vom Tisch und falte daraus ein Flugzeug. Iäääng-iäääng. Evelien erstickt fast vor Lachen und schneuzt sich geräuschvoll die Nase. Fürchtet sie immer noch, der alte Tyrann könnte sich plötzlich erheben und einen vernichtenden Spruch ablassen? Ich gehe in den Flur hinaus und halte Ausschau nach einer Schwester, die uns vielleicht mehr sagen kann. Hinter der Aufnahme befindet sich das Schwesternzimmer. Niemand zu sehen. Ich gehe weiter. Aus einem düsteren Zimmer ruft eine Stimme: »Schwester, Schwester ...« Ich werfe einen Blick durch die offene Tür und sage: »Ich bin nicht die Schwester, aber ich werde sie Ihnen rufen.« Ein liebes, graues Gesicht schaut mich an. »Kommen Sie mal her«, kommandiert es freundlich und winkt mit dem Betttuchzipfel. Ich trete an ihr Bett. Sie nimmt meine Hand. Ich lege die andere Hand darüber. »Wissen Sie«, sagt sie, »ich bin manchmal nicht ganz klar, aber jetzt habe ich wirklich Angst, daß man mich vergessen hat. Daß niemand mehr kommt. Daß überhaupt keiner mehr kommt ... Daß keiner mehr weiß, daß es mich gibt.« »Aber nein«, beruhige ich sie. »Ich bin ja da. Man hat Sie bestimmt nicht vergessen. Die Schwester ist gerade woanders beschäftigt. Danach kommt sie zu Ihnen.«

Ich drücke ihre Hand. Ich streiche ihr über den Kopf, lege ein paar graue Löckchen zurecht und denke: Wenn doch mein Vater so wäre.

»Ist dir kalt, Pa?« Ich ziehe die Wolldecke, die über der Bettdecke liegt, weiter hinauf. Sein Bauch ist zum Teil unbedeckt, seine Hand kalt.

»Glaubst du, daß ich hier rauchen kann?« zögert Evelien.

»Klar kannst du rauchen! Er hat uns auch nie gefragt, ob uns seine stinkigen Zigarren stören!«

Mir wurde davon immer schlecht. Bei Autofahrten stand ich am Straßenrand und kotzte. Du verträgst das Autofahren nicht, sagte er böse. Ich vertrage die Zigarren nicht, protestierte ich kleinlaut.

Gierig zündet sich Evelien eine Zigarette an. Vielleicht muß er husten. Vielleicht schadet ihm der Rauch mittlerweile. Ich habe auch Lust auf eine Zigarette, bin aber gleichzeitig froh, daß ich mir das Rauchen abgewöhnt habe.

»Wir machen die Tür auf und lassen frische Luft rein.«

Mein schiefes Grinsen entgeht ihr nicht.

An diesem Tag starb er nicht. Auch nicht in der folgenden Nacht oder am folgenden Tag. Evelien und ich waren überzeugt gewesen, daß er sterben würde. Truus, die in späteren Jahren als Krankenpflegerin gearbeitet hatte, glaubte es auch. Der Tod lauert schon in seinen Augen, sagte sie. Aber das sagte sie ja schon lange. Die Pflegerinnen vom Abendrot hatten keine Prognose abgegeben.

Ich wollte nötigenfalls bei ihm Wache halten. Mit ein paar Dosen Bier und dem Laptop meines Schwagers am Tisch, in eine Plüschdecke gewickelt, warum nicht? Da könnte ich über Nacht ein Buch über unseren Alten schreiben. Oder hundert Skizzen machen. Ich würde bis zum letzten Atemzug bei ihm bleiben. Wenn man auf dem Totenbett liegt, kann man ja wohl erwarten, daß einem die eigenen Kinder Gesellschaft leisten. Ich habe schon einige meiner »Lieben« sterben sehen – ein paar

Katzen und einen Hund mußte ich einschläfern lassen – und besitze daher ein wenig Erfahrung. Ich mußte heulen, aber ich war dabei. Allein! Und ich habe einem Nachbarn »Sterbehilfe« geleistet, obwohl ich im entscheidenden Moment, als er gen Himmel fuhr, gerade ein paar Eier briet. Nicht mal zehn Minuten konnte man ihn allein lassen …

Sterben finde ich nicht gruselig. Das Sterben von anderen zumindest. Evelien schon. Aber Evelien hat einen Mann, der die gruseligen Dinge des Lebens für sie erledigt. Jacco geht mit dem Hund zum Tierarzt oder setzt sich in der Amsterdamer Innenstadt ans Lenkrad. Außerdem fängt er Spinnen und trägt sie vor die Tür.

Dieses Leiden ist menschenunwürdig, hatte Truus mit erstickter Stimme zu meiner Schwester gesagt. Aber einen Tag später fütterte sie Pa mit zerdrückter Banane. Am Tag darauf mit einem Teller Haferflocken.

Meine Mutter zog die Mundwinkel herunter, als wir ihr erzählten, daß Pa im Koma gelegen hatte. »Jaja, er war immer schon schwierig. Bei ihm weiß man nie. Er ist eben ein Dickschädel.«
Als hätte er den Zuckerschock bekommen, um der Familie eins auszuwischen.

Allmählich erholte er sich, und sie wollte ihn wieder besuchen. Bei ihm zu Hause ist sie in den letzten vierzig Jahren vielleicht dreimal gewesen, immer wenn er Ischias hatte und nicht aufstehen konnte. Seit fünf, sechs Jahren hatte sich mein Vater nicht mehr mit dem Auto in die Stadt getraut. Also kam er auch nicht mehr in die Tuinbouwstraat. Die beiden sahen sich nur noch zu Weihnachten und bei Geburtstagsfeiern in Eveliens Haus. Jetzt fuhr Ma schon wieder ins Abendrot.

»Ach, du bist das?« sagte Pa freundlich, als sie das zweite Mal kam. Und weil sich langsam Stille ausbreitete: »Gefällt es dir immer noch, äh, dort oben?«

Von seinem Haus sprach er nie. Auch nicht von den Enten oder Tauben, die er füttern mußte. Keine Ahnung, was er wirklich vergessen hatte und welche Gedanken er einfach verdrängte. Es war immer schon seine Art gewesen, alles aus dem Gedächtnis zu verbannen, was ihm nicht in den Kram paßte. Also hatte er sich auch in keiner Weise verabschiedet. Weder von seinem Haus noch von seinen Sachen oder von den Nachbarn. Das Thema wurde nicht angeschnitten. Er hatte sich einfach von seiner Vergangenheit befreit und seinen Ballast abgeworfen.

»Ist es nicht fein, daß du hier deine Pflege hast?«

Die Kindergärtnerin sprach wieder aus ihr.

»Was sagst du?«

Sie lächelte ihn mit ihren schlechten Augen an und bemerkte nicht, daß er sie nicht verstand. Sie waren ja beide schwerhörig.

»Er hat dich nicht gehört, Ma.«

Sie nickte und schaute unruhig umher. Jetzt hatte sie nicht verstanden.

»Er hat dich nicht gehört, Ma.«

»Oh.«

Ihre Augen verrieten, daß sie nun verstanden hatte, aber leider wußte sie nicht mehr, was sie ihn gefragt hatte.

»Es ist ein schönes Zimmer, nicht?«

»Was sagst du?«

Er hielt sich die Hand ans Ohr.

»Ein schönes Zimmer!«

Gereizt zuckte er mit den Schultern und murmelte vor sich hin: »Pah, ist mir doch scheißegal.«

Sie waren wieder am Beginn angelangt. Bei der Sache mit dem Huhn und dem Ei. Er verunsicherte sie, und dann reizte ihn ihre Unsicherheit. Oder andersherum. Ein absurdes Theaterstück, dessen letzter Akt nie zu Ende geht.

»Wenn ich doch in seinen Kopf hineinschauen könnte, dann wüßte ich, was er wirklich denkt.«

Das leierte sie immer wieder herunter. Seit vierzig Jahren. Sie hatte eine Traumgestalt geheiratet und den Mann, der dahintersteckte, nie akzeptieren wollen.

»Als ich mit Evelien bei ihm war, hat er sich mindestens zweimal erkundigt, ob ich noch einigermaßen zurechtkomme«, sagte sie mit kindischem Stolz am Telefon. »Er macht sich bestimmt Sorgen, denn sonst würde er nicht fragen!«

Sie klang zufriedengestellt. Als hätte sie nach all den Jahren, in denen sie sich allein abgestrampelt hatte, doch noch etwas bei ihm erreicht.

# 9

Der Bummelzug schleicht an Bäumen vorbei, die wie frühlingsgrün bemalte Kulissen aus dem Nebel auftauchen, um dann wieder zu verschwinden. Weiter hinten in der Landschaft staffelt sich hellgraues Gebüsch. Schafe mit dickem Fell drängen sich aneinander. Eine schwarze Plastikplane hält etwas Großes gefangen, beschwert durch Autoreifen. Gras oder Rüben? Ein schwarzes Ungetüm, das zur agrarischen Landschaft gehört und auf der Stelle treten muß. Rotgescheckte Kühe grasen auf gelbgrünen Weiden. Im nächsten Moment ist die Erde schwarz und hat tiefe, gerade Furchen, die sich mit braunen, abgeschnittenen Stoppelzeilen abwechseln. Soweit das Auge reicht, stechen braune Stoppeln aus dem Schwarz empor. Das Grau bekommt einen Stich ins Grüne. Der Nebel wird dichter. Das Land verschwindet.

Über die Lesebrille hinweg schaue ich lange aus dem Fenster. Ich mag Nebel. Er macht die Welt klein. Und still. Und weiß. Ist das nun Demenz, Ma? Sieht es in deinem Kopf auch so aus: klein, still und weiß? Oder ist das in deinem Kopf gar kein Nebel, gar keine Watte? Ist es da einfach nur leer?

Mit dem Gedächtnis geht auch die Phantasie verloren. Das Wissen und die Phantasie. Wenn der Nebel ganz dicht geworden ist, ist der Rest der Welt einfach verschwunden. Aufgelöst. Futsch. Ich weiß, daß sich hinter der weißlichen Masse eine Landschaft verbirgt, Bäume und Kühe und Bauernhäuser, aber du, kannst du dir den Rest der Welt noch vorstellen? Man lebt wie in einem Märchen, sagtest du vor ein paar Tagen. Alles um einen herum verändert sich, und man weiß gar nicht mehr, was echt ist.

Wie das eine Mal, als das Sozialtaxi vor der Tür stand und du nicht mehr wußtest, daß du es bestellt hattest.

»Ich hatte ganz vergessen, wo ich hin wollte. Das war das Verrückte. Als käme ich aus dem Nichts!«

Du gerietst in Panik und stiegst ohne Strickjacke und Mantel ein. Es war kalt. Als das Taxi in die Straße einbog, wo deine alte Freundin Teresa wohnt, wußtest du immer noch nicht, wohin. Der Fahrer hatte auch keine Ahnung. Er hatte nur den Straßennamen bekommen. Schließlich kam Teresa heraus, um dem Taxi zu winken, das immer auf und ab fuhr. Glücklicherweise erkanntest du sie. Im Laufe des Tages kamst du wieder zu dir. Teresa wickelte dich in einen wollenen Morgenmantel. Als dich das Sozialtaxi am späten Nachmittag abholen kam, lieh sie dir einen Mantel und ging zur Fahrerin – diesmal war es eine Frau –, um sie zu bitten, dich daheim unbedingt die Treppe hinaufzubringen und das Licht einzuschalten. Als sie wiederkam, hattest du den alten Morgenrock über den geliehenen Mantel gezogen und zugeknöpft. Da stand ein pralles Würstchen, sagte Teresa später am Telefon. Du mußtest selbst über dich lachen.

Evelien und ich haben die Leute, die dich öfter sehen, gebeten, uns alles Auffällige mitzuteilen. Deswegen rief Teresa an. Sie erzählte noch etwas: Vor drei Wochen hattest du deine

Medizin samt Verpackung geschluckt. Ich mußte gleich an deine früheren Medikamente denken, diese braunen Fläschchen mit bunten Pillen, und ich fragte mich, wie das möglich sei. Neigte Teresa etwa selber schon zur äh ...? Es stellte sich heraus, daß es sich um einen Aluminiumstreifen gehandelt hatte. In der Tat hatte dir eine Weile der Hals wehgetan.

Bei anderer Gelegenheit wolltest du Jorick warme Milch zum Kaffee anbieten. Heißmachen wolltest du sie in einer Suppenschüssel aus Porzellan. Nein, Oma, nimm besser einen Topf. Als er einen aus dem Küchenschrank holte, hattest du gelacht: Nanu, ich wußte ja gar nicht, daß die dort stehen!

Einmal erzählten die Nachbarn, daß du vor deinem Haus in der Kälte standest und auf das Sozialtaxi gewartet hattest. Als du wieder hineingehen wolltest, bekamst du die Tür nicht auf und wurdest hysterisch. Du wußtest nicht mehr, wo und wer du warst. Sogar die Polizei mußte kommen.

Von den meisten Dingen, Ma, werden wir nie etwas erfahren. Du erzählst es uns nicht. Natürlich nicht, du vergißt es ja. Aber jetzt stellen wir uns besser darauf ein. Evelien und ich rufen mehrmals täglich an. Wir halten Kontakt mit der Hauspflege, dem Hausarzt und deinen Nachbarn. Darum bekommst du nun jeden Abend zu deiner Haldol eine Schlaftablette, die dich vor dem nächtlichen Spuk behüten soll.

Die Hauspflege entdeckte ein total verrußtes Stieltöpfchen auf dem Herd. Ich bestellte einen Klempner, der einen Hahn hinter dem Gasherd anlegte. Dann können wir den Herd abstellen. Ich glaube nicht, daß du den Hahn allein aufdrehen kannst.

Du riefst an und fragtest, wie dein Ofen ausgemacht wird. Laß ihn ruhig bis morgen brennen! Morgen kommt ohnehin die Hauspflege.

Du riefst an, weil du einen Kurzschluß hattest. Keine Lampe funktionierte.

»Versuch's mal mit der Lampe über dem niedrigen Tisch. Der Schalter ist an der Tür, weißt du noch? Ja, links neben der Tür. Ja natürlich, leg den Hörer ruhig hin ... Sie brennt? Dann hast du jedenfalls keinen Kurzschluß, Ma. Hab keine Angst!«

Jorick kam nachsehen. Er berichtete mir, daß du alle Stekker aus den Steckdosen gezogen hattest und die falschen Fassungen in die falschen Lampen schrauben wolltest.

Eines Morgens, um fünf Uhr früh, hast du Evelien angerufen. Jacco nahm den Hörer ab. Du hattest so ein beklemmendes, banges Gefühl, war das vielleicht ein Herzanfall? Setz dich erst mal ruhig hin, sagte Jacco, Evelien ruft gleich zurück. Als Evelien etwas Warmes angezogen hatte und deine Nummer wählte, hörte sie nur das Besetztzeichen. Sie versuchte es an die zwanzig Mal. Dann rief sie mich an.

»Was sollen wir jetzt tun?« Ihre Stimme klang zittrig, fast weinerlich. Die Nachbarn anrufen? Die Hauspflege? Nicht nötig, denn Jacco zog sich bereits an und wollte sich gleich auf den Weg machen. Evelien war müde. Müde von all dem Aufwand, dem Organisieren, dem Bemuttern und von den Anrufen der Eltern. Langsam wurde ihr alles zuviel. Zum Glück hat sie Jacco, einen feinen Kerl mit dem Herz am rechten Fleck.

Ich machte mir eine Tasse Tee, setzte mich ins Bett und las. Dabei behielt ich den Wecker im Auge. Mir war es recht, daß Evelien angerufen hatte. Nichts wäre mir unangenehmer gewesen, als wenn ich morgen zu hören bekommen hätte: Ich wollte dich lieber nicht wecken, bevor wir nicht genau Bescheid wußten.

Zwanzig Minuten später rief sie wieder an. Du lagst friedlich im Bett, du hattest einfach den Hörer nicht richtig aufgelegt. Meine Schwester klang erleichtert. Kein Krankenwagen, keine Notaufnahme, kein Begräbnis. Nur falscher Alarm.

Ohne ein Wort darüber zu verlieren, überlegten wir beide, wie anders die Dinge hätten laufen können. Wir hatten nicht gleich den Notdienst verständigt. Als ich vorgeschlagen hatte, die Nachbarn zu alarmieren, hatte Evelien auch gezögert. Hättest du wirklich einen Herzschlag gehabt, Ma, dann wäre Jacco für jede Wiederbelebung zu spät gekommen. Bums, aus und vorbei. Eigentlich ein schöner Tod. Aber schon vor der kleinsten Erschütterung, bevor das Aus überhaupt in Sicht kommt, rufst du bei Evelien an, weil du Angst davor hast. Das ist nicht besonders konsequent. Auch das halbe Aspirin pro Tag könntest du weglassen. Aber ich weiß schon: Wenn du sagst, daß du von all dem genug hast, dann meinst du, daß du im Schlaf sterben möchtest. Ohne Schmerzen und ohne Bewußtsein. Einfach still verschwinden.

Besser wird es nicht mehr. Das vergesse ich manchmal, weißt du, wenn wir am Telefon herumalbern. Dann möchte ich dir erzählen, daß ich über dich schreibe, aber das verkneife ich mir, weil du es vielleicht lesen möchtest, und ich kann doch unmöglich alle Wörter wegstreichen, die mit Demenz zu tun haben! Meine Mutter verliert den Verstand. Meine Mutter ist ins Niemandsland gezogen. Möchtest du das lesen? Möchtest du dir als Hauptperson dieser abscheulichen Geschichte begegnen? Möchtest du lesen, wie Evelien und ich unsere Witze darüber reißen? Oder daß mir die Tränen herunterlaufen, wenn ich im Fernsehen einen Dokumentarfilm über Altersdemenz sehe? Oder wie böse ich auf dich sein kann, weil du dich nicht in einem Pflegeheim anmelden wolltest, als du es noch konntest? Oder für eine Art betreutes Wohnen? Oder wenigstens für eine praktische Wohnung? Oder ... Als du alles noch konntest! Kommt Zeit, kommt Rat, hast du immer gesagt. Ja, ja. Kommt die Zeit für dich, dann muß der Rat von uns kommen! Du hast uns etwas aufgehalst, was wir nie haben wollten. Evelien hat dir versprochen, daß du so lange wie möglich in deinen eigenen vier Wänden bleiben kannst. Aber wie lange ist »so lange wie möglich«? War es eigentlich fair von dir, Evelien dieses Versprechen abzunehmen?

Möchtest du das lesen, Ma?

Konflikten bist du immer aus dem Wege gegangen. Um des lieben Friedens willen hast du dir allerhand gefallen lassen. Diese Demut, dieses Zurückstecken deiner eigenen Interessen ... Wie mir das immer auf die Nerven gegangen ist! Bin ich deswegen jetzt so vorlaut?

Du bist krank, bläue ich mir ein. Und du wirst nie mehr gesund werden.

Vielleicht ist es ja erblich. Ich würde das meinen Kindern nicht zumuten, sagt Evelien. Welche Vorkehrungen sie treffen soll, weiß sie nicht. Sie ist erst Anfang fünfzig.

Und ich? Ohne Kinder? Ich will nicht von Fremden abhängig werden und in aller Öffentlichkeit verfallen. Ich hoffe, daß es dann die Euthanasiepille gibt, die dieser Drion vorgeschlagen hat. Und daß sie jeder mit fünfundsechzig bekommt, zusammen mit dem Rentnerausweis. Und dazu dreimal im Jahr eine Freifahrkarte. Ohne Rückfahrt. In den Efteling-Vergnügungspark, tief hinunter in die Echogrotte. Wenn ich einmal ins Altersheim muß, hat sich die Regierung bestimmt schon was einfallen lassen, Ma. Die Kosten für die Altenpflege explodieren ja. Außerdem werde ich bestimmt nicht besonders alt. Bei meinem ungesunden Lebenswandel! Ich habe geraucht, getrunken, beim Siebdruck zuviel Verdünner eingeatmet, bei der Ölmalerei zuviel Terpentin und bei Feten Koks und Opium genommen. Ich hab' halt einfach drauflos gelebt.

Du dagegen, Ma, bist Vegetarierin seit dem zwölften Lebensjahr. Du hast nicht geraucht und keinen Tropfen Alkohol getrunken. Erst in den letzten Jahren genehmigst du dir auf unseren Rat – damit du gut einschlafen kannst – ein Gläschen Port als Schlummertrunk. Unverwüstlich bist du, genau wie Pa. Es ist nicht schön, wenn man so alt wird, sagst du. So streng hast du auf deine Ernährung geachtet, Ma, und dann das ...

»Meine Damen und Herren, nächster Halt ...«

Ich setze die Lesebrille ab und schaue hinaus. Neben dem breiten Kanal am Bahnhof stehen Enten auf dem Bürgersteig. Als würden sie auf den weißen Skoda meines Vaters warten. Auf den Brotbrei, den dieser Opa mit dem Hut ihnen im weißen Auto vorbeibringt. Schon seit über einem Jahr quillt kein Brotbrei mehr aus dem weißen Skoda. Seit über einem Jahr kommt der alte Mann nicht mehr zu ihnen.

Aber vielleicht warten die Enten gar nicht auf meinen Vater. Vielleicht watscheln sie seit hundert Jahren über den Bürgersteig. Vielleicht taten sie das lange bevor es meinem Vater einfiel, sie zu füttern.

Einmal habe ich ihn zufällig dabei beobachtet. Der Zug hielt kurz vor dem Bahnhof vor einem roten Signal. Ich schaute von meinem Buch auf und sah einen alten Mann Brot an die Enten austeilen. Mehrere Leute im Zug wurden auf ihn aufmerksam. Langsam wurde ich rot. Mein Vater. Dieser Mann mit Hut und braunem Cordanzug, der die Enten fütterte und nicht einmal den Kopf hob, als der Zug weiterfuhr, war mein Vater.

Vor ein paar Jahren, als er mich nach einem meiner Besuche zum Bahnhof brachte, standen die Enten auch auf dem Bürgersteig. Vorsichtig fuhr er bis an die Bordsteinkante und schaltete den Motor ab. Die Schar umstellte das Auto. Sieh mal, sagte er und und wischte sich eine Träne aus dem Augenwinkel, sie warten auf mich. Er nahm den Eimer mit Brotbrei vom Rücksitz und ging zum Rasenstreifen hinüber, die Enten immer hinter ihm her. Mit einer Gartenschaufel begann er, den Brei zu verteilen.

»Ich verpasse meinen Zug, Pa!«

Er hörte mich gar nicht.

Ich wartete eine Stunde auf den nächsten.

Vater will eingeäschert werden. Auf einmal weiß ich, was wir mit seiner Asche machen. Wir werden sie hier in den Kanal streuen. Nicht ins Gras, sonst picken die Enten sie auf. Nein, ich schütte die Urne über dem Wasser aus, während Evelien die Enten ablenkt. Und nun weiß ich auch endlich, was ich dir für einen Schlips kaufe, Pa. Einen mit Enten!

Ich lasse die Station aus. Diesmal fahre ich nicht zu meinem Vater. Weder jetzt noch am Abend. Heute muß ich Mutters Finanzen regeln. Sie will mir eine Vollmacht geben, das heißt, wenn sie ihre Unterschrift noch zustande bringt.

Der Zug fährt weiter. »Meine Damen und Herren, wir erreichen in Kürze die Endstation Ihrer Reise. Bitte achten Sie auf Ihr Gepäck.«

Ich stecke mein Buch ein, ziehe den Mantel an und schlinge mir den warmen Schal um den Hals. Ich sehe, daß die Stadt das einstige Weideland geschluckt hat. Der Nebel hat sich aufgelöst.

# 10

»Hallo!«

Mein Vater sitzt in seinem Rollstuhl am Tisch. Mit dem Gesicht zum Fenster und dem Rücken zur Tür. Ich gehe um ihn herum, damit er mich sehen kann. Seine Augen werden groß und blau.

»Oh, du hier? Wie schön!«

»Und ich habe noch jemanden mitgebracht, eine Überraschung!«

Ungeschickt tritt meine Mutter vor. Ich nehme sie bei der Hand und schiebe sie in sein Blickfeld.

»Ach, du hier? Nanu!« Er strahlt sie an. »Das ist aber eine Überraschung!«

Sie freut sich auch. So herzlich hat er sie noch nie begrüßt. Aber sie weiß nicht weiter.

»Komm, Ma, ich helfe dir aus dem Mantel.«

»Setz dich doch hin«, sagt mein Vater und deutet auf den Sessel, in dem er sonst immer sitzt. Im Vorbeigehen kontrolliere ich, ob der karierte Sitz auch trocken ist. Dann lotse ich meine Mutter zum Sessel hin.

»Gott, wenn ich das gewußt hätte, dann hätte ich was eingekauft.«

Aus einem schwarzen Etui, das auf seinem Schoß liegt, nimmt er sich eine Zigarre und hält das Feuerzeug darunter. Die Stichflamme brennt ihm fast die Nase weg. Auf dem Handrücken hat er einen großen dunklen Fleck mit schwarzem Rand, an dem er ständig herumkratzt. Beim letzten Mal war die Hand verbunden. Er hat noch mehr dunkle Flecken auf den Händen. Sie sehen aus wie durchgelegene Stellen. Auch im Gesicht hat er welche. Der Mann wird doch keinen Hautkrebs haben? Er hat immerzu in der Sonne gesessen und war so braun, als lebe er auf Ibiza. Oder Lungenkrebs! Er raucht wie ein Schlot. Das scheint das einzige zu sein, was ihn noch beschäftigt: Habe ich genug Zigarren? Es stinkt, und der Qualm wird dicker. Er nebelt sich ein. Was will er mit diesem Nebel unsichtbar machen? Sich selbst? Den Rollstuhl? Die Flecken auf seinen Händen? Mühsam beugt er sich vor, manövriert den Rollstuhl zum niedrigen Couchtisch und angelt mit der Zigarre nach dem Aschenbecher. Meine Mutter streckt mechanisch die Hand aus.

»Soll ich ...«

»Nein, das kann ich selbst!«

Gereizt will er den Aschenbecher vom Tisch nehmen, aber er kommt nicht heran. Der Aschenkegel zerstäubt auf dem Tisch, knapp neben dem Aschenbecher. Er brummt und zuckt mit den Schultern. Was soll's.

»Sieh mal, Pa, ich hab' dir Saft mitgebracht. Trauben und Orangen.« Über der kleinen Spüle schenke ich drei Gläser Traubensaft ein.

»Kommst du noch einigermaßen zurecht, dort, äh ...«

»O ja, ich komme noch prima zurecht.«

Er kratzt an den Hautfetzen auf seinen Händen, betrachtet den Zigarrenstummel und steckt ihn in den Mund.

»Ach ja, ich kann nicht mehr gehen!«

»Ich versteh' nicht ... Was sagst du?« Sie hält die Hand hinter die Ohrmuschel und schaut hilfesuchend in meine Richtung. »Ich höre nicht so gut.«

Das klingt wie um Vergebung heischend. So klingt sie schon ihr Leben lang. Sie ist seit vierzig Jahren schwerhörig, und seit vierzig Jahren redet mein Vater zu leise und mit der Zigarre im Mund. Aus Erfahrung wissen wir, daß da nur lautes und deutliches Sprechen hilft. Er nimmt die Zigarre in die Hand und schaut sie an.

»Ich kann nicht mehr gehen!«

»Ach, nein? Ich kann es noch. Aber ich sehe schlecht. Auf diesem Auge bin ich blind.«

»Kommst du noch einigermaßen zurecht?«

»Was sagst du?«

»Kommst du noch zurecht?«

»Ob ich noch zurechtkomme? O ja, prima.«

Ich blicke auf das Glas Traubensaft in meinen Händen und weigere mich, Vermittler zwischen den beiden zu spielen. Bin ich das früher nicht oft genug gewesen? Der Bote? Ich habe keine Lust mehr. Sollen sie doch selbst sehen. Sie wollte ihn ja unbedingt besuchen: Evelien sagt, daß er immer nach mir fragt. Ja, Ma.

Es ist siebzig Jahre her, daß die beiden verliebte Teenager waren. Siebzig Jahre!

»Kommst du noch einigermaßen zurecht dort, äh ... wo du äh ...?«

»Ob du noch zurechtkommst, Ma, in der Tuinbouwstraat.«

»In der Tuinbouwstraat? O ja, ich komme prima zurecht. Nein, prima.«

Ich hole aus meiner Tasche ein paar Betonhaken und einen Hammer. Die habe ich aus Amsterdam mitgebracht, um in seinem Zimmer etwas aufzuhängen. Da gehört doch was an die Wände, habe ich schon vor Monaten zu meiner Schwester gesagt. Das gehe nicht so einfach, da müsse man den technischen Dienst des Pflegeheims bestellen. Und, hast du ihn nun schon bestellt? Ja, nein, ach so, äh ... Schließlich stellte sich heraus, daß der technische Dienst gar nichts damit zu tun hatte. Pa wollte nichts an den Wänden haben. Nein, Pa will nicht. Pa will nie was. Aber ich will. Ich will, daß das Zimmer kein kahles Krankenzimmer bleibt, sondern ein bißchen gemütlicher wird. Ich frage niemand mehr um Erlaubnis. Ich hänge einfach was auf. Hinter seinem Rücken.

»Was machst du denn dort?«

»Ich hänge ein Foto auf, Pa.«

»Was für ein Foto?«

»Das, wo du Blacky auf dem Schoß hast.« Das hatte auch bei ihm zu Hause an der Wand gehangen.

»Ach ja.« Er lächelt. Blacky. Der schwarze Kerl, den er so lange gemästet hatte, bis er eines Tages vor Schmerzen jaulend in den Hundehimmel gefahren ist. Geradewegs aus Pas Bett. Ach, du wußtest nicht, daß man auch nachts zum Tierarzt gehen kann? Was für ein Tierfreund!

Auch von Cora hänge ich ein Foto auf. Der zweite Köter. Ein braunes Gerippe, das er aus dem Asyl befreit hatte: ein Zwergpinscher mit verkehrt kupierten Ohren. Eine häßliche Töle, die niemand haben wollte. »Pa, paß auf, daß er schlank bleibt!« Im Nu hatte sich auch Cora in eine Wurst verwandelt. Sie bekam Herzbeschwerden und irgendeine Geschwulst am Bauch, konnte aber nicht operiert werden, weil sie zuerst abnehmen mußte. Schließlich gab sie mitten in der Nacht in seinem Bett den Geist auf. Genau wie Blacky. Mein Vater bekommt immer noch feuchte Augen, wenn er daran denkt. Schuldgefühle, nehme ich an. Tierquäler. Oh, oh, oh, wie nett sind wir doch zu dem Hundchen. Wir stopfen es voll mit Sahnegebäck und wundern uns dann, wenn seine Pfoten einknicken. Hoffentlich hat er zur Strafe Alpträume gekriegt, das würde ich ihm gönnen. Von dem Sessel aus, in dem meine Mutter jetzt sitzt, hat er die eingerahmten Fotos den ganzen Tag vor der Nase. Cora und Blacky.

Ich verstaue den Hammer wieder in meiner Tasche, trinke einen Schluck Traubensaft und nehme mir seinen Briefkastenschlüssel.

»Mal nachsehen, ob Post gekommen ist!«

In der Halle neben den Briefkästen sitzen ein paar alte Damen auf Stühlen, die an der Wand stehen. Die Mütter von früheren Schulfreunden?

»Guten Tag, alle miteinander!« Pfeifend mache ich das Postfach auf und nehme Reklameprospekte und die Fernsehzeitung heraus.

»Sie haben aber eine hübsche Kette um«, sagt eine der Damen in Grau.

»Oh, vielen Dank.« Unwillkürlich beuge ich mich ein bißchen zu ihr herunter und hebe die drei Kettenstränge hoch. Ich zeige sie ihr aus der Nähe. »Plastikklunker, sehen Sie? Meine Mutter hält die knalligen Farben und das Glitzergold für furchtbar ordinär, aber mir gefällt's nun mal!«

Die alte Dame lacht und zwinkert mir zu. »Mir gefällt's auch!«

»Kannst du das gebrauchen?« Er zeigt auf eine gelbe Packung im Regal. Milchpulver.

»Nein, ich verwende so was nicht.«

»Kannst du das gebrauchen?« Er zeigt wieder auf die Pakkung, wendet sich jetzt aber an meine Mutter.

»Was sagst du?«

»Kannst du das gebrauchen?«

Sie nimmt die Packung in die Hände, schaut sie an, als handle es sich um eine Kostbarkeit, und versucht, mir vom Gesicht abzulesen, was sie damit machen soll. Ich schüttle den Kopf, ohne daß mein Vater es bemerkt.

»Nein, ich glaube nicht, daß ich das gebrauchen kann.«

Ich nehme ihr die Packung Milchpulver ab und stelle sie wieder ins Regal.

»Nein, nicht dahin! Dorthin!« Gereizt zeigt er auf das Fach darunter.

»Na, sag mal, wenn du so schlecht drauf bist, dann gehen wir gleich wieder«, sage ich laut, während ich die Packung in das darunterliegende Fach stelle. Platz ist mehr als genug. Das blöde Regal ist nämlich ganz leer.

»Kannst du das gebrauchen?« Jetzt zeigt er auf ein zusammengerolltes Blatt mit einer Schleife.

Ich will nicht einmal wissen, was es ist. »Nein!«

Ich setze mich auf das hohe Bett und trinke einen Schluck Traubensaft.

»Und, liest du noch viel?« Wohlwollend senkt meine Mutter den Kopf, als würde sie mit einem Vorschulkind reden.

»Nein, ich lese nix. Interessiert mich nicht.«

»Aber hörst du dir noch Musik an?«

»Musik? Nein, interessiert mich nicht.«

Er nimmt den Zigarrenstummel aus dem Mund, betrachtet ihn, steuert den Rollstuhl mit den Füßen zum Aschenbecher und legt den Stummel hinein. Aus dem Etui auf seinem Schoß nimmt er eine neue Zigarre und zündet sie an.

»Nichts interessiert mich mehr.« Andächtig schaut er zu, wie der Tabak im Blatt aufglüht. Ich gehe in die Küche, hole das Päckchen Traubensaft und verteile den restlichen Inhalt in unsere drei Gläser. Die Uhr neben dem Sessel, in dem meine Mutter sitzt, zeigt halb fünf. Zwischen halb fünf und Viertel vor fünf kommt uns das Sozialtaxi abholen. Auf der Uhr unter dem Fernseher ist es erst zwanzig nach vier. Ich muß an all die Uhren in seinem alten Haus denken. An die zwanzig waren es.

Zeit. Wollte er mehr Zeit haben? Mehr Zeit für was? Zwei von seinen Uhren stehen jetzt bei mir zu Hause. Zwei kleine. Eine in meinem Atelier und eine auf meinem Schreibtisch.

Es bleibt lange still.

»Na, du wohnst hier jedenfalls prima.« Meine Mutter ist die erste, der die Stille zu laut wird.

»Und diese Aussicht!«

»Du könntest doch auch hier einziehen! Platz ist genug.« Er läßt seine Zigarre kurz im Stich und blickt sie hoffnungsvoll an.

»Nein, nein. Ich bleibe schön in meinen vier Wänden.«

Unruhig rutscht sie auf dem Stuhl hin und her.

Sein Blick ruht schon wieder auf seinem Schoß und der Zigarre. Ist ihm klar, wo er sich befindet? Ist ihm klar, was er verloren hat? Ist ihm klar, daß er sie schon vor langer Zeit verloren hat?

»Wir müssen gehen, Pa. Das Taxi wird gleich vor der Tür stehen.« Ich halte meiner Mutter den Mantel hin und ziehe meine Lederjacke an.

»Möchtest du das nicht mitnehmen?« Die Zigarre zwischen den Fingern zeigt wieder auf das Päckchen Milchpulver. Meine Mutter steht daneben. Zögernd nimmt sie es in die Hand.

»Gib her, Ma, ich stelle es in die Küche, dann kann Evelien es mitnehmen, Pa.«

»Evelien wollte es auch nicht haben«, knurrt er.

»Wenn du es selbst nicht willst, wie kommt es dann hierher?«

»Woher soll ich das wissen?«

Meine Mutter dreht unsicher an den Knöpfen herum.

Hat sie ihm früher die Hand gegeben? Soll sie ihn küssen?

»Tschüs Pa, bis zum nächsten Mal!«

Er hat den Rollstuhl zur Tür gedreht. Meine Mutter macht einen wackligen Schritt rückwärts in seine Richtung. Sie faßt ihn am Ärmel und sagt mit Verschwörermiene, als könnten nur er und sie dieses Geheimnis verstehen, ja, als gipfle ihr gemeinsames Leben in diesem Moment geballter Intimität: »Nur nicht den Mut verlieren!«

Irritiert schaut er auf: »Was sagst du ... krepieren?«

»Nicht den Mut verlieren!« schreie ich.

# 11

Wann ist es bei dir soweit, Ma, wann wirst du nicht mehr allein wohnen können?

Evelien und ich fühlen uns gegenseitig auf den Zahn. Wenn die eine sagt, daß sich dein Zustand schnell verschlechtert, erwidert die andere, daß es aber auch Momente gibt, in denen du genau weißt, wo du bist, wer du bist und wie es um dich steht. Wir machen uns Notizen von allen Telefonaten mit dir. Nach jedem Gespräch beraten wir uns. Jacco findet das überspannt.

Bei mir zu Hause gibt es keinen Jacco. Ich kann mit meiner Schwester so lange über die Demenz unserer Mutter reden, wie es mir paßt. Ein Freund von mir hat einen Vater mit Alzheimer. Die Krankheit ist bereits weit fortgeschritten. »Jetzt ißt er alle Blumen auf«, sagte mein Freund vorige Woche. »Sie müssen ihn anbinden, weil kein Blumentopf vor ihm sicher ist. Und ich muß ihm ausgerechnet einen Strauß Tulpen mitbringen!«

Auch wenn mittlerweile alle meine Freunde und Freundinnen wissen, daß meine Mutter senil wird, ahnt doch niemand, wie mir dabei zumute ist. Meistens bewahre ich eine gewisse Distanz. Wir beide sind ja nie so intim miteinander umgegangen, nicht wahr, Ma. Evelien dagegen hat dir immer alles erzählt. Vor langer, langer Zeit wurde ich zufällig Zeuge eines eurer Gespräche. Sie sagte, sie sei mit einem Freund in einer Bar gewesen. In einer Bar? Du warst entsetzt. Nur Nutten gingen in Bars, wolle sie denn als Nutte, als leichtes Mädchen abgestempelt werden? Als ordinäre Straßendirne? Sie war neunzehn, ich vierzehn. Ich war an demselben Wochenende auch in einer Bar gewesen. Zum ersten Mal. Mit einem viel älteren Freund. Das habe ich schön für mich behalten.

Nachdem Evelien zum ersten Mal mit einem Jungen geschlafen hatte, hat sie es dir auch gleich erzählt. Ich erzählte nichts. Du erfuhrst nicht, daß ich die Pille schluckte und von einem Bett ins andere stieg. Die Zeiten waren günstig, alles war erlaubt. Was du davon hieltest, von der neuen Freiheit, habe ich dich nie gefragt. Über Sex wurde nicht gesprochen. Ich konnte mir auch nicht vorstellen, daß Pa und du je miteinander ... Pa mit anderen, das schon. Das war weniger schockierend. Obwohl ich mir auch das lieber nicht ausmalte. Mir war klar, daß er seine Damen nicht auf Geschäftsreise mitnahm, um ihnen Briefe zu diktieren.

Eines Tages – wie alt werde ich wohl gewesen sein, sieben vielleicht – standen zwei Männer vor unserer Tür. Vater und Sohn. Tag, Kleine, ist dein Vater zu Hause? Sie schlugen ihn zusammen, weil er ihre Tochter beziehungsweise Schwester verführt hatte. Ich schob mir die Faust in den Mund, um nicht schreien zu müssen. Sie verschwanden erst, als er sich nicht mehr bewegte. Eine Nachbarin leistete Erste Hilfe.

Sex und Körperliches ... darüber haben wir beide nie gesprochen, und das wird wohl auch nicht mehr nachgeholt.

Ich hab' mir in die Hose gemacht, sagtest du letzte Woche nach einem Lachanfall. Na, dann zieh doch eine frische an, lachte ich, legte auf und setzte meine Arbeit fort. Wer weiß, ob du die Unterhose wirklich gewechselt hast, Ma. Ich habe nicht nachgefragt.

»Hier Karel.«

»Wer sind Sie?«

»Karel!«

»Ich äh … ich kann Sie nicht verstehen, äh … sagen Sie bitte noch einmal, wer Sie sind!«

»Hier Karel, dein Sohn!«

»Tja, ich weiß im Moment nicht, wo ich Sie hintun soll, sagen Sie mir bitte noch einmal Ihren Namen?«

»Hier Karel, dein Sohn!«

»Ist mir ganz schleierhaft. Aber reden Sie ruhig weiter, vielleicht geht mir nachher ein Licht auf.«

»Hier Karel, dein Sohn. Ich wollte dir sagen, daß wir in Urlaub fahren.«

»Sie sind im Urlaub? Wie schön!«

»Du bist mit Karel verbunden. Du weißt doch, wer Karel ist?«

»Wissen Sie was, ich gebe Ihnen mal meinen Enkel, der ist gerade hier. Er kann Ihnen sicher weiterhelfen.«

Manchmal erzählst du am Telefon so wirres Zeug, daß es furchtbar viel Zeit kostet, dir zuzuhören und dich allmählich wieder aufs rechte Gleis zu bringen. Eine Stunde am Telefon ist da gar nichts. Du kannst froh sein, daß meine Wohnung gleichzeitig mein Atelier ist, obwohl ich in letzter Zeit nicht mehr viel zum Arbeiten komme. Ich befasse mich mit Demenz. Demenz. Meine Mutter und das große Vergessen.

Bei der Altenfürsorge in meinem Stadtviertel erhalte ich nähere Auskünfte. Ich besichtige ein Amsterdamer Pflegeheim. Die pflegebedürftigen Alten liegen zu viert oder zu sechst in einem Saal. Jeder hat einen Nachttisch und eine Pinnwand für sich allein. Wo bleiben dann all deine Sachen, Ma? Deine prachtvollen gewebten Teppiche, deine *Wedgewood*-Porzellansammlung, deine vielen Grünpflanzen auf den Fensterbrettern und deine Bücher, dein Klavier und deine Musik! Aber vielleicht dramatisiere ich zu sehr. Vielleicht sind die Dinge, die dein Leben ausmachten, schon Kulisse geworden, ein austauschbarer Hintergrund, vor dem sich deine Tragödie abspielt. Du kannst nicht mehr Klavier spielen, du blickst auf die Noten, als seien sie eine Geheimschrift, und deine Finger verheddern sich auf den Tasten. Wie lange ist es schon her, daß du dir ein Konzert angehört hast, daß du einen Plattenspieler oder ein Tonband oder auch nur das Radio eingeschaltet hast? Trotzdem ist dieses Haus die Hülle, in der du noch am ehesten du selbst sein kannst. Wir fürchten, daß gar nichts mehr von dir übrigbleibt, wenn wir uns entschließen, dich nicht mehr allein leben zu lassen. Daß du eines dieser verstörten grauen Weiblein wirst, die die Aufenthaltsräume in den Heimen bevölkern. Daß du stundenlang mit dem Taschentuch an einem imaginären Fleck herumreibst. Oder aufgeregt nach deinen Unterlagen suchst, weil du eine Liste für den Steuerberater machen mußt. Oder deine Tasse zigmal hochhebst, um nachzusehen, ob noch Kaffee drin ist. Du wirst nicht wissen, wo du bist, und wenn du es in einem deiner klaren Momente vermutest, schiebst du es gleich wieder weg. Deine Töchter haben dich in eine Anstalt eingeliefert!

»Es ist so ungerecht«, murmelst du bitter. »Da hat man eine miese Ehe hinter sich, hat immer schwer gearbeitet, und am Ende des Lebens, wenn man denkt, man kann sich was gönnen, dann so was! Das wünsch' ich nicht mal meinem schlimmsten Feind!«

Du hast keine Feinde, Ma, auch wenn du Evelien und mich manchmal dafür hältst. Wenn du dir ein Bein brechen würdest oder die Hüfte, das würde uns die Entscheidung abnehmen. Das Leben hat entschieden, so könnte man dann sagen. Du müßtest ins Krankenhaus und von dort aus in ein Pflegeheim und dann ... Oder sollen wir versuchen, dich doch noch zum Abendrot zu bewegen, wo du wenigstens ein eigenes Zimmer hättest? Wie sollen wir um Gottes willen entscheiden?

Das klingt unaufrichtig. Wenn du uns so leid tust, warum nehmen wir dich nicht bei uns auf? Ja, wenn du Krebs hättest oder eine andere schlimme Krankheit im letzten Stadium, dann wärst du längst bei Evelien. Sagt sie. Demenz ist auch eine Krankheit im letzten Stadium, aber sie kann sich eben so furchtbar lange hinziehen, Ma. In deinem jetzigen Zustand kannst du ohne weiteres zwei, vielleicht auch fünf Jahre bleiben. Oder auch nur zwei Monate. Das kann niemand voraussagen. Je länger du lebst, desto schlimmer wird es. Inkontinenz. Sich nicht mehr anziehen, nicht mehr allein essen, kaum noch laufen können. Die Schwester meines Gemüsehändlers hat ihre Mutter acht Jahre lang betreut. Danach mußte sie selbst in ein Heim, ausgebrannt und erschöpft, wie sie war. Und ich? Ich habe erwogen, dich vorübergehend in der Wohnung meines Nachbarn, der auf Reisen ist, unterzubringen. So könnte ich dich im Auge behalten. Ich würde den Zaun niederreißen, damit der Hund und die Katzen zu dir könnten. Das würde dir gefallen, nicht wahr? Aber was sollst du in Amsterdam? Oder besser, was soll ich mit dir tun? Ich kann machen, was ich will. Ich bin nicht verheiratet und brauche keine Rücksicht auf einen Mann zu nehmen. Ich könnte sogar bei dir im Obergeschoß einziehen, nicht wahr?

»Ich hab' was auf dem Herzen, und ich möchte eine ehrliche Antwort von dir!«

»Du kriegst eine ehrliche Antwort von mir.«

»Ich meine es ernst, ich will eine ehrliche Antwort.«

»Ja, Ma, die geb' ich dir.«

»Wem gehört der Bücherschrank neben dem Ofen bei der Couch?«

Gespannte Stille. Als stünde die Lösung eines schrecklichen Familiendramas bevor.

»Dieser Bücherschrank gehört dir, Ma.«

Wieder wurde es still. Und dann: »Aber die ganzen Bücher ... In dem Schrank stehen lauter interessante Bücher. Richtig gute Bücher, meine ich. Da steht ein schöner Batzen Geld.«

»Es sind deine, Ma.«

An deinem angehaltenen Atem höre ich, daß du bestürzt bist.

»Aber du hast sie noch nicht alle gelesen. Darum denkst du vielleicht, daß sie nicht dir gehören.«

»Es sind so gute Bücher dabei, auch teure Ausgaben.«

»Du hast immer gute Bücher gekauft, Ma. Du hast dich immer für viele Themen interessiert.«

»Ja, ich hatte immer viele Interessen, nicht?«

»Ja, sicher. Und der ganze Bücherschrank gehört dir. Du kannst dir jedes Buch nehmen, das du lesen möchtest.«

»Na, da bin ich aber erleichtert.«

Wer weiß, ob du das wirklich warst. Jedenfalls hatte sich deine Panik über den wildfremden Bücherschrank in deinem Wohnzimmer gelegt. Lesen kannst du ja kaum noch, auch wenn du vor kurzem ein paar Bücher über Reinkarnation hervorgeholt hast, in denen du mit einer riesigen Lupe noch ein paar Absätze entziffern kannst. Häufig fehlen dir irgendwelche Bücher. Dann beschuldigst du die Hauspflege, sie heimlich zu entwenden.

»Ich habe nichts dagegen, wenn sie welche ausleihen, aber dann sollen sie es wenigstens sagen!«

Niemand außer mir leiht sich deine Bücher aus, und ich bringe sie immer beim nächsten Besuch zurück. Letztes Mal, als ich Kekse zum Kaffee suchte, fand ich unten im Lebensmittelschrank einen Stapel »verschwundener« Bücher. »Na, sag mal, wer hat denn die hier hingelegt?«

»Ich finde eigentlich, daß du diese Bücher später kriegen solltest, Sandra. Evelien und Jacco interessieren sich nicht dafür.«

»Wenn du das gern möchtest, dann mußt du eben meinen Namen reinschreiben.«

»Aber was soll ich Evelien zum Ausgleich geben?«

»Das weiß ich doch nicht.«

Dein übertriebenes Gerechtigkeitsgefühl geht mir manchmal auf die Nerven. Jaja, du willst keines deiner Kinder bevorzugen. Gleiches Recht für alle! Mein Gott, hat das unsere Kindheit geprägt! Mit Argusaugen paßten wir auf, wenn es etwas zu verteilen gab. Vanillepudding, Schokolade, Kuchen. Wenn heute jemand eine Torte oder Pizza schneidet, weiß ich immer noch ganz genau, welches Stück das größte ist. Meist lasse ich es absichtlich liegen, was genauso lächerlich ist, als wenn ich es mir nehmen würde. Mit geschlossenen Augen weiß ich, wo das größte Stück liegt.

»Dann gibst du Evelien eben die Fotobände über Keramik und Porzellan.« Sie möchte gern das *Wedgewood* erben.

Du nahmst einen Stift und schriebst mit krakeligen Buchstaben *Für Sandra* in die drei Bücher, die auf dem Tisch lagen. Den Titel des letzten konnte ich aus der Entfernung gerade noch entziffern: *Intensiv leben und sterben.*

»Ich soll dich von Mama grüßen«, rief Evelien, als wir bei Pa im Abendrot ankamen und die Mäntel auszogen.

»Oh, fein.« Er war offenbar ganz angetan. »Wie geht es ihr, wohnt sie immer noch in äh ... Leiden?«

»Aber nein, du weißt doch, wo sie wohnt, Pa, du bist doch oft bei ihr gewesen, in der Tuinbouwstraat.«

»In der Tuinbouwstraat?« Er lutschte an seiner Zigarre, beugte sich vor, nickte und nuschelte: »Jaja, die Tuinbouwstraat.« Und kurz darauf: »Sie kann doch hier einziehen. Dann stellen wir ein Bett dazu.« Er zeigte auf eine Zimmerecke und erschrak über seinen eigenen Übermut. »Aber ihr müßt ihr sagen, daß ich nicht mehr für sie sorgen kann, hört ihr!« Beunruhigt forschte er in unseren Mienen. Er wirkte erleichtert, als wir darauf hinwiesen, daß sein Zimmer dafür ein bißchen zu klein sei.

»Das wäre doch völlig idiotisch«, protestierte ich später, als mich Evelien mit dem Auto zum Bahnhof brachte. »Am Ende sollen sie wieder zusammen im Altersheim wohnen! Das ist doch absurd!«

»Na ja«, sagte sie zögernd, »mir käme es schon entgegen, wenn sie im gleichen Heim wären, das sind zwei Fliegen mit einem Schlag. Außerdem liegt das Heim für Jacco und mich recht günstig. Die Idee gefällt mir eigentlich ganz gut.«

Mir nicht. Viel zu abgelegen für Leute, die schlecht zu Fuß sind. Keine Kneipe an der Ecke, keine Läden, keine öffentliche Parkanlage, in der sie sich treffen können. Und alles so neu!

»Vielleicht liegt ihnen doch mehr aneinander als sie zugeben wollen?« Evelien gab nicht auf.

Ihnen liegt schon aneinander, aber eher im abstrakten Sinn. Keiner paßt mehr in den Alltag des anderen hinein. Eigentlich hatte keiner jemals in das Leben des anderen hineingepaßt. Ich habe noch nie zwei Leute erlebt, die so unterschiedlich waren. Wie haben sie nur heiraten können?

Ich stellte mir vor, daß wir meine Mutter im Abendrot unterbringen, ohne Pa etwas davon zu sagen. Dann würden sie sich zufällig beim Kaffeetrinken begegnen.

»Nanu, du hier?«

Am gleichen Abend behauptete meine Mutter am Telefon, vor genau dreiundfünfzig Jahren sei sie geschieden worden. Das konnte nicht stimmen, denn ich bin noch keine fünfzig. Dann wäre ich nach der Scheidung gezeugt worden.

»Ich hatte gerade den Brief vom Anwalt in der Hand.«

»Nein, Ma, es kann nicht dreiundfünfzig Jahre her sein. Der Brief, den du gefunden hast, ist vielleicht aus dem Jahre 1953.«

Wie kam sie bloß an die alte Post? Ich hatte den Brief noch nie gesehen.

»Sieh dir mal das Datum auf dem Brief an, die Jahreszahl ist bestimmt 1953.«

»Ja, da könntest du recht haben.«

Sie wollte die ganze Zeit Ordnung schaffen. Früher hatte ich diese Ordnungswut durchaus verstehen können – wenn man drei Kinder aufgezogen hat, gibt es viel zu entrümpeln. Aber nun ging es ihr um eine andere Ordnung. Sie fiel auf Redewendungen und Gewohnheiten aus der Zeit zurück, als sie für die Firma meines Vaters die Buchhaltung erledigte. »Ich muß unbedingt die Bücher auf den neuesten Stand bringen, ich bin im Rückstand! Ich muß noch die Bilanz ziehen ... Die vielen Belege, die ich erfassen muß ... bis ich die alle durch habe. Es ist ein Chaos, alles ist durcheinander. Bis ich da wieder Ordnung reingebracht habe ...« Und wenn ihr etwas gegen den Strich ging: »Das muß gründlich untersucht werden!«

Das war ihre Tarnung. Floskeln von früher. Fremde fielen darauf hinein. Ich habe sie mir manchmal aufgeschrieben, als ich noch nicht wußte, daß sie den Ausbruch dieser schrecklichen Krankheit markierten. Wir mußten darüber lachen, Evelien und ich, auch wenn uns bei den meisten dieser Ausdrücke die Haare zu Berge standen. Irgendwann hatte meine Mutter Leute kennengelernt, die *ganz bescheiden* waren, *überhaupt nicht eingebildet*, kein bißchen *gekünstelt* ... Oder so eine *harmonische Familie* ... brrr. Daß es in einer Familie auch anders zugehen konnte als bei uns, wo es immer Streitereien gab, hat sie wohl tief beeindruckt.

Einmal war der Ofen kaputt, dann wieder ein Briefumschlag mit Geld weg. Oder der Fernseher funktionierte nicht. Früher war es noch gelungen, ihr am Telefon zu erklären, wie die Apparate ein- und ausgeschaltet werden mußten.

Nun war nicht mehr zu übersehen, daß die nächste und vielleicht unangenehmste Phase der Demenz angebrochen war. Sie verlor den Überblick und mißtraute Evelien und Jacco.

»Hier habe ich es schwarz auf weiß, das Taxationsgutachten vom Haus, das brauchen sie bloß noch zu unterschreiben, und dann haben sie es geschafft.« Die Bitternis sickerte wie Schlamm durch die Telefonleitung.

»Ma, das ist ein Taxationsbescheid von der Gemeinde, aus dem vorigen Jahr. Für die Neuberechnung der Grundsteuer, die du bezahlen mußt. So ein Schreiben haben alle Leute bekommen, in ganz Holland!«

»Ach was, die wissen schon, wo etwas zu holen ist.«

Als ich Evelien in Schutz nahm, geriet auch ich ins Visier.

»Mich schließt ihr ja immer aus, ich zähle überhaupt nicht mehr für euch. Ihr denkt, soll die Alte doch schmoren, die macht's sowieso nicht mehr lange. Ich mache es wohl wirklich nicht mehr lange!«

In solchen Situationen warst du so allein, Ma. Das hat mich am meisten geschmerzt. Du warst traurig und nachtragend wegen nichts und wieder nichts. Erklärungen nützten gar nichts, sie brachten dich noch mehr durcheinander, und dann wurdest du erst recht böse. Ab und zu sagtest du solche Gemeinheiten, daß ich am liebsten den Hörer hingeknallt hätte. Hör doch zu, Mensch! Wir haben dich nie ausgeschlossen, aber du hast alles vergessen, verdammt noch mal! Ich holte tief Luft und wartete, bis sich deine Raserei legte, um dich danach vorsichtig abzulenken.

Daß du Evelien und Jacco dauernd im Verdacht hattest, ging mir zu weit, Ma! Wer brachte dich denn ins Krankenhaus, wer ging mit dir zur Kontrolle? Haben sie dich je im Stich gelassen? Haben sie dich auch nur ein einziges Mal zu Weihnachten oder zu Ostern oder zu Pfingsten oder zum Muttertag oder zum Nikolausabend sitzenlassen? Ich bin nie gekommen. Feiertage sind mir ein Graus, und ich sehe nicht ein, warum ich mich verpflichtet fühlen soll, anderen über diese Tage hinwegzuhelfen. Von mir hattest du nichts zu erwarten, aber auf Evelien und Jacco konntest du immer zählen.

Das ist die Bosheitsphase, dachte ich und gab dem Ganzen damit einen Namen. Man will und kann nicht akzeptieren, daß man den Verstand verliert. Und die Wut trifft diejenigen, die einem am nächsten stehen.

So stand es zumindest in den Büchern.

# 12

Der Zigarrenrauch quillt durch die offene Tür in den Gang.

»Hallo!« rufe ich, während ich die Miniküche durchquere und sein Zimmer betrete. Pa sitzt im Sessel am Fenster. »Nanu, du hier?« Er ist überrascht und froh. »Lange nicht gesehen!«

Ich ziehe den Mantel aus und schaue auf die Uhr. Am liebsten würde ich gleich das Taxi zum nächsten Zug nach Amsterdam bestellen – vom Abendrot bis zum Bahnhof ist es mindestens eine dreiviertel Stunde zu Fuß.

»Vielleicht werde ich gleich abgeholt«, sagt er zurückhaltend und reibt sich die mageren Hände mit den dunkellila Flecken.

»Wohin?«

»Ja, ich weiß nicht. Bunter Abend oder so.«

»Hast du denn Lust?«

»Och«, er zuckt die Schultern und schaut unruhig auf die Uhr.

Ich kann mir also ohne Schuldgefühle ein Taxi bestellen.

»Ich soll dich von Mama grüßen.«

»Oh! Wohnt sie immer noch in äh ...«

»Ja, sie wohnt immer noch dort.«

»Evelien habe ich auch schon ewig nicht gesehen.«

»Die sind vierzehn Tage in ihrem Häuschen auf Schiermonnikoog, Pa.«

»Ach, sonst kommt sie auch nie.«

Mir reißt gleich der Geduldsfaden. Evelien hat mich gebeten, ihn einmal außer der Reihe zu besuchen, weil sie und Jacco urlaubsreif waren.

»Sag bloß nicht, daß Evelien nie kommt, das ist einfach nicht wahr. Evelien kommt am öftesten. Sie kümmert sich um alles.«

»Aber mein Geld? Ich habe überhaupt kein Geld.«

»Doch, du hast eine Menge Geld, aber nicht hier, Pa. Hier wäre es nicht gut aufgehoben.«

»O ja, sie stehlen wie die Raben.«

Natürlich stimmt das nicht.

»Dein Geld ist auf der Bank, da ist es sicher, wie du weißt, und wenn du was brauchst, dann sorgt Evelien dafür.«

Er reibt sich die Hände und zeigt voller Angst auf die Schwarzbrotschnitte mit Käse, die er vor sich hat.

»Die muß ich doch bezahlen?«

»Nein, Pa, du brauchst jetzt nicht zu zahlen.«

Überrascht schaut er von seiner Schnitte zu mir herüber. »Ach, wirklich?«

»Du bezahlst zwar dafür, aber über die Bank. Das gehört alles zum Service, verstehst du? Du mußt nicht extra dafür bezahlen. Du mietest dieses Zimmer quasi mit Vollpension.«

»Aber ich habe überhaupt kein Geld, ich kann mir nichts kaufen.«

Bei deinem Kaufrausch ist das ein Segen, denke ich. Schluß mit dutzenden Schokoladetafeln, bei denen das Haltbarkeitsdatum verfallen ist, mit den überflüssigen Haushaltsgegenständen von *Blokker*, mit den Vogelfuttersäcken und den Steigen mit überreifem Obst. Daß mein Vater im Abendrot interniert ist, muß den Mittelstand im Dorf schwer getroffen haben. Aber vielleicht will er mal eine Tasse Kaffee zwischendurch, keine Ahnung, wie das hier geregelt ist.

»Soll ich dir ein bißchen Geld geben?«

Das muntert ihn sichtlich auf. »Ja, wenn das geht!«

Ich greife zum Portemonnaie. Ein Zehn-, ein Fünfundzwanzig- und ein Hundertguldenschein.

»Ich habe einen Zehner oder ...«

»Oh, das ist mehr als genug!«

Ich ziehe den Fünfundzwanziger heraus und stecke ihn in die Zigarrenschachtel auf dem Tisch.

»Sieh mal, Pa, ich lege ihn hier hinein.«

Er nickt. Neben der Schnitte steht ein Becher Milch. Ich habe Appetit auf eine Tasse Kaffee. Meine Schwester hat einen elektrischen Wasserkocher und eine Büchse *Nescafé* in die Miniküche gestellt. Im Kühlschrank finde ich ein paar runde Plastiknäpfchen mit Kaffeesahne. Die einzige Steckdose hat einen Zeitschalter. Ich drehe ihn bis zum Anschlag und stecke den Wasserkocher an.

»Ich kann dir überhaupt nichts mitgeben.«

»Das brauchst du auch nicht, Pa, du hast mir früher schon genug gegeben.«

»Ich kann hier gar nichts bezahlen.«

»Aber ja, ich habe dir gerade fünfundzwanzig Gulden gegeben!«

»Wo sind denn die geblieben?«

»In der Zigarrenschachtel, Pa. Sieh nach.«

»Oh, dann ist es ja gut.«

Es dauert lange, bis das Wasser kocht. Ich bestelle mir ein Taxi zum Bahnhof. Pa zündet sich mit einiger Mühe eine Zigarre an.

»Ich habe überhaupt kein Geld.«

»Aber ja, Pa, ich habe dir gerade einen Fünfundzwanzigguldenschein gegeben.«

»O ja, wo ist er denn?«

»In der Zigarrenschachtel, Pa.«

In der Küche draußen ist das Wasser immer noch kalt, während der Schalter über der Steckdose tickt. Ich habe vergessen, den Kocher einzuschalten. Ich schütte ein bißchen löslichen Kaffee in ein Glas, leere ein Sahnenäpfchen darüber aus und suche den Zucker. Keiner da. In die Einkaufsliste, die wir alle benutzen, trage ich »Zucker« ein. Vielleicht liest ja eine Pflegerin die Liste. Oder Truus.

»Wann holen sie dich ab, Pa?«

»Das weiß ich nicht.« Fragend schaut er mich an: »So gegen acht vielleicht?«

Sein »So gegen acht vielleicht« rührt mich irgendwie. Ich weiß nicht, warum. Weil er zum ersten Mal in meinem Leben davon ausgeht, daß ich etwas besser wissen könnte als er?

»Acht Uhr, das wird schon stimmen.«

Draußen grünt es. Die Sträucher und Weiden schlagen schon aus und überschatten die weite Winteraussicht. In dem sumpfigen Gelände am Wasser tummeln sich zwei Pferde.

»Ich kann nicht länger bleiben, Pa.«

Ich muß das halbe Glas Kaffee stehenlassen, wenn ich den Zug erwischen will. Unruhig rutscht er im Sessel hin und her. Das macht er sonst nicht. Er reibt sich die Hände und sagt: »Mein Geld, äh ...«

»Das ist in Ordnung, Pa. Ich brauche nichts. Und in deiner Zigarrenschachtel steckt ein Schein.«

»O ja? Dann ist es ja gut.«

»Hier Frau Vosbergen.«

Du sprichst mit matter Stimme, wie durch eine Steppdecke.

»Ich bin's, Sandra.« Es ist ungewohnt, meinen Namen zu nennen, aber seit ein paar Wochen reicht das »Hallo-Ma-ich-bin's« nicht mehr aus.

»Wie geht es dir?«

»Ach, ich glaube, nicht so besonders.«

»Wieso denn nicht?«

»Na ja, ich weiß nicht, mir ist so äh ... Ich wollte die Blumen gießen, aber ich kann mich einfach nicht aufraffen.«

Du klingst, als hättest du gerade eine schwere Grippe überstanden. Und offenbar fühlst du dich genauso.

»Das kann eine Nebenwirkung deiner Medikamente sein. Du mußt erst mal abwarten.«

Kurze Sätze bilden, steht in den Büchern. Nicht zuviel Information auf einmal.

»Daß einem so was immer am Wochenende passieren muß«, jammerst du.

»Brauchst du wirklich einen Arzt?«

Seit du Haldol bekommst, fühlst du dich wie in Watte gepackt. Haldol vertreibt die Halluzinationen. Ich weiß aber nicht, was besser ist: Wahnvorstellungen, die sich mit guter Laune abwechseln, oder dieser Dämmerzustand, in dem du nur abwarten kannst, wie eine fremde Person nach der anderen auftaucht.

»Vielleicht hat dich die Grippeimpfung, die du gerade bekommen hast, ein bißchen mitgenommen.«

»Ach ja, habe ich die gekriegt? Ja, das kann schon sein.«

Deine Stimme klingt ein wenig erleichtert. Ich weiß, daß es nicht daran liegt, aber ich will dich aufheitern.

»Das ist wie bei den Katzen, Ma, wenn die einmal im Jahr gegen den Katzenschnupfen geimpft werden, sind sie auch erst mal daneben.«

»Ja, ja, natürlich. Das sind die Abwehrkräfte!«

»Also können wir einfach abwarten, bis es sich wieder gibt, oder nicht?«

»Ach ja, es ist schon gut, wenn man weiß, woran es liegt.«

So ist es, Ma. Es ist wirklich gut, wenn man weiß, woran es liegt. Am Demenzsyndrom. Das Wort kommt in deinem Wortschatz nicht mehr vor. Du hast es gestrichen. Hin und wieder sprichst du von »meiner Lage« oder von »dem Leiden, das ich habe«. Später, viel später, sollte ich erfahren, daß man seinen ganzen Verstand braucht, um eine Krankheit zu akzeptieren, sich auf sie einzulassen. Der Arzt konnte dir immerhin etwas gegen das Schwindelgefühl verschreiben. Er halbierte die Haldol-Dosis, und du lachtest wieder und liefst nicht mehr herum, als würde dein Kopf in einem Schlafsack stecken.

Evelien und ich telefonierten ständig miteinander. Du kannst dir gar nicht vorstellen, wie gut wir über dich wachten.

Du konntest Joricks Nummer nicht finden, obwohl du das Telefonverzeichnis vor der Nase hattest.

»Unter G?«

»Nein, Ma, unter J. J wie Jorick!«

»Mein Gott, wie umständlich. Ich habe nur eine Hand frei ... Ich rufe dich gleich wieder an, wenn ich die Nummer gefunden habe.«

Du riefst nicht wieder an. Zehn Minuten später rief ich an. Besetzt. Eine halbe Stunde später hatte ich dich an der Strippe.

»Ich hatte plötzlich Tante Mien am Apparat, und jetzt bin ich müde. Und mir ist schwindlig. Wenn du nichts dagegen hast, lege ich mich hin.«

Wir hatten dir ein neues Telefon gekauft, eins für Leute

mit schlechten Augen. Es hatte riesige Tasten, mit sehr deutlichen Ziffern und drei Schnelltasten: M1 war Evelien, M2 war ich, und M3 war Tante Mien. Und außerdem hatte es noch einen Speicher: Die Speichertaste plus 1 war Tante To, die Speichertaste plus 2 … Ab und zu brachtest du das alles durcheinander. Das hätte mir aber auch passieren können!

Zwei Stunden später klingelte wieder das Telefon.

»Weißt du, ob ich heute abend noch eine Mahlzeit bekomme?«

»Nein, Ma, das glaube ich nicht. Wenn ich mich nicht irre, hat man dir ein Mittagessen gebracht, weißt du, in so einer großen weißen Schachtel, und die Hauspflege hat dir das serviert. Du hast also eine warme Mahlzeit bekommen. Was davon übrig ist, kriegst du morgen. Heute abend kommt noch jemand und gibt dir deine Tabletten. So gegen halb zehn.«

»Es bringt also niemand mehr Essen?«

»Nein, Ma.«

»Na ja, ich habe zwar keinen Hunger, aber ich wollte es trotzdem wissen. An die vielen fremden Leute muß ich mich erst gewöhnen. Ich meine, bis ich mir gemerkt habe, wer hier alles aus- und eingeht, nicht wahr?«

»Ja natürlich, ich verstehe. Aber wenn du Hunger hast, nimm dir was aus dem Kühlschrank.« Ich wußte, daß ihr die Hauspflege jeden Tag ein belegtes Brot hinstellte.

»Nein, ich habe jetzt keinen Hunger.«

»Aber vielleicht hast du Appetit auf was Süßes.«

»Ja, wo du davon anfängst …« Sie kicherte.

»Ich würde mal in den Schubfächern nachsehen, da liegt bestimmt noch Schokolade.«

»Schokolade! Du sagst es. Ich muß noch eine Tafel Schokolade haben! Dann lege ich jetzt auf.«

»Nein, das kannst du doch nicht machen! Und woher soll ich was kriegen? Ich habe keine Schokolade im Haus«, scherzte ich.

»Tja, da mußt du dich schon selbst drum kümmern. Und wenn du mal was übrig hast, ruf mich an.«

»Ma, du kannst doch nicht alles allein aufessen.«

»Aber sicher, das kann ich durchaus.«

»Das ist ungerecht.«

»Tja, jeder ist sich selbst der Nächste.«

»Ich hoffe, daß dir von deiner Schokolade schlecht wird. Daß du dich ... daß ...«

»Das kann ich dir nicht versprechen.« Sie prustete vor Lachen.

»Du bist wirklich gemein.«

Sie lachte immer noch. »Ich esse die ganze Schokolade auf und sag' dir gleich gute Nacht.«

»Dann muß ich wohl nächste Woche vorbeikommen, um die Schokoladereserven aufzufüllen?«

»Ja, mach das. Tschühüs!«

Eine halbe Stunde später:

»Ich habe insgesamt sechs Stückchen vor mir liegen und stecke mir nun das erste in den Mund.«

»Ma, das kannst du doch nicht machen.«

»Und ob ich das kann.«

»Und ich hab' nichts!«

»Pech gehabt!«

Es war halb zehn, und ich hörte das Radio oder den Fernseher laufen. Sie sagte, daß sie gerade von einem jungen Mann ihr Haldol bekommen habe.

»Ein Halbirrer, haha! Ich habe ihm einen Apfel gegeben, damit er auch was hat.«

»Keine Schokolade?«

»Nein, bist du verrückt, die behalt' ich für mich.«

»Du Geizhals!«

Sie lachte sich halb tot. Und nahm sich noch ein Stückchen. Mit vollem Mund sagte sie: »Leider ist das das letzte Stück.« Sie verschluckte sich vor Lachen, mußte husten und spuckte die Schokolade offenbar wieder aus. »Ojemine, ich ersticke beinahe!«

»Das solltest du besser sein lassen.«

»Warum, das ist doch ein schöner Tod – an Schokolade ersticken!«

»Es gibt schlimmere.«

Wir alberten noch ein bißchen herum. Dann legte ich auf, rief bei Evelien und Jacco an und teilte ihrem Anrufbeantworter mit, daß mit Ma alles in Ordnung sei. Sie waren ausgegangen.

Mir gehen verschiedene Schreckensbilder durch den Kopf, Ma. Daß du die Treppe heruntergefallen, in der Dusche ausgerutscht, über die Schwelle gestolpert bist. Daß du aus dem Bett gefallen bist, nicht mehr aufstehen kannst und stundenlang daliegst, bis die Hauspflege kommt. Wie oft habe ich dir nicht schon gesagt, du sollst dir den Alarmapparat umhängen! Aber daß du an Schokolade ersticken könntest, das ist mir noch nicht eingefallen. Es würde eigentlich zu dir passen. Als Kind fand ich auf deinem Schreibtisch, zwischen den Bleistiften mit Radiergummi, den Lochern, den Stempeln und den grellbunten Plastiktabs für die Karteikarten immer Schokolade. Diese dunklen, bitteren Riegel, die die Süchtigen unter uns bevorzugen. Aber mit Schokolade ist es wie mit Alkohol und Zigaretten: Man kann seine Abhängigkeit nicht verheimlichen, denn man riecht danach. In deinen Manteltaschen stieß meine Hand immer auf Silberpapier, wenn sie sich auf unseren Spaziergängen wärmesuchend dort hineinschmuggelte. Du hast dich über dein Unglück hinweggenascht, nicht wahr, Ma?

Ich sehe dich daliegen. Neben dem Telefon, mit dem Hörer in der Hand. Lauter braune Streifen um den Mund und ein seliges Lächeln im Gesicht. Und dann kommt der Arzt. Er schaut dich an und muß ebenfalls lächeln. Und weißt du, was er dann sagt, Ma?

»Es war eine Überdosis.«

# 13

Manche Veränderungen sind endgültig, andere kommen und gehen wie die Wellen des Meeres. Nicht gleichmäßig, nein, gleichmäßig verläuft dieser Prozeß nicht. Genausowenig wie auf hoher See. Sturm, Windstille, ruhiger Wellengang – alles wechselt sich in einer einzigen unendlichen Bewegung ab, um schließlich an irgendeiner Küste zu verebben. Ungestüme, hohe und schäumende Wellen reihen sich aneinander, bis sich die allerletzte rauschend im Sand auffächert. Ohne scharfe Abgrenzung zwischen Naß und Trocken. Ohnen klaren Übergang vom bewußten Leben zum Tod.

Wird es so werden, Ma? In welcher Zone des Ozeans treibst du jetzt dahin? Bist du schon kurz vor der gefährlichen Brandung angelangt?

Sie spricht nur noch selten davon, daß sie die Buchhaltung machen müsse, und kramte nicht mehr so viel in den alten Papierstapeln herum. Aber die Rechnungen, die bezahlt werden müssen, sind an manchen Tagen spurlos verschwunden. Dann liegen sie wieder an Ort und Stelle auf dem Sekretär.

Evelien und ich sind uns nicht immer im klaren darüber, was wir ihr erklären sollen und was nicht. Wir möchten sie gerne einbeziehen, aber meist verwirrt sie das nur. Bei allem, was wir in ihrem Haushalt anstellen, sieht sie uns auf die Finger. Geldangelegenheiten sind nach wie vor heikel. Jetzt will sie eine Art Gehalt, damit sie sparen kann. »Angenommen, der Fernseher geht kaputt, dann weiß man wenigstens, wieviel Wochen man dafür sparen muß.« Daß sie in ihrem Leben genug zusammengespart hat, um zehn Fernseher auf einmal zu kaufen, hat sie vergessen.

Ich habe eine knallgelbe Mappe bereitgelegt und in großen Buchstaben draufgeschrieben: *Rechnungen hineinlegen, für Sandra.* Beim letzten Mal enthielt die Mappe nur den Kassenzettel vom Gemüsehändler, und diesmal war gleich die ganze Mappe verschwunden.

Der neue Gashahn hinter dem Herd bleibt zugedreht. Verbrannte Töpfe gehören der Vergangenheit an. Weißt du noch, Ma, daß du früher immer die Milch für den Kaffee überkochen ließest? Plötzlich fiel dir ein: oje, die Milch! und du flitztest in die Küche. Das kam so oft vor, daß sich dein Hund schließlich selbst darauf dressierte, zu bellen, sobald die Milch dem Topfrand entgegenzischte.

Oben, in Eveliens ehemaligem Zimmer, in dem jetzt das Werkzeug liegt, suche ich Nägel und einen Hammer, um die zwei großen Haustürschlösser an der Innenseite unbrauchbar zu machen. Vorige Woche hatte ein Mitarbeiter der Hauspflege eine halbe Stunde benötigt, um ins Haus zu kommen. Meine Mutter hatte die Tür von innen verriegelt und konnte das Schloß nicht mehr öffnen.

Als ich heute morgen klingelte, legte ich das Ohr an den Briefschlitz. Ich hörte die Wohnzimmertür. Sie schlurfte durch den Flur im oberen Stockwerk.

»Hallo Ma, machst du die Tür auf?« rief ich. Sie hatte nicht auf den elektrischen Türöffner oben an der Treppe gedrückt.

»Ich kann die Schlüssel nicht finden«, hörte ich sie murmeln. Schließlich kam sie doch die Treppe herunter. Langsam und vorsichtig. Dann Stille hinter der Tür. Es war kalt draußen. Was machte sie bloß? Ich hob wieder die Klappe des Briefkastens hoch.

»Ma, ich bin es, Sandra. Mach doch die Tür auf!«

»Ich kann die Schlüssel nicht finden«, sagte eine brüchige Stimme.

»Ich glaube, das geht auch ohne Schlüssel, Ma. Du brauchst nur an der Kette zu ziehen!«

Ich ließ die Klappe fallen und nahm den Türknauf in die Hand. Da die Hauspflege schon dagewesen war, konnte die Tür nicht mehr zugesperrt sein. Nichts rührte sich. In mir schwoll die Wut an wie ein Ballon – auf einmal hätte ich am liebsten die Tür eingetreten. Mit den Fäusten gegen das lakkierte Holz gehauen, die Mattglasscheiben am oberen Rand eingeschlagen.

»Siehst du das graue, viereckige Kästchen dort? Links, ja. Das ist das Schloß, Ma. Da ist eine Art Hebel mit einer Kette dran. Siehst du die? Wenn du daran ziehst …«

Ich nagle eine Hartfaserplatte über die Schlösser. Nun kannst du dich nicht mehr einschließen.

»Was machst du da?« rufst du von oben herunter.

»Ich repariere die Schlösser, Ma, damit keiner einbrechen kann.«

Ich werde Evelien um die Schlüssel bitten. Das ist eine gute Idee.

Ach, dein Blick kehrt sich nach innen. Dir wird alles zuviel. Eine Weile ausruhen, sagst du. Dich auf der Couch ausstrecken. Aber nicht so unbequem. Nein, Ma, nicht so. Beine hoch, ja, so! Der Kopf in den Kissen und die Beine gerade noch auf der Couch. Du verschränkst die Arme unter dem Kopf und schaust zufrieden an die Decke. Ich hole ein Plaid von oben und decke dich zu. Ah, schön warm. Und jetzt noch was zum Lutschen. Zum Lutschen? Ach so, ein saures Bonbon. Du steckst dir eins in den Mund und fragst, ob ich weiß, wo die Schokolade liegt. Ich sage, du sollst jetzt still sein. Ich hebe den Zeigefinger: »Ich will kein Wort mehr hören!« Mit einem breiten Grinsen lutschst du zufrieden dein Bonbon.

»Ich bin auf die Straße gegangen und, ja, dann doch wieder hinein. Es waren Leute da, und irgendwie war ich doch in meinen eigenen vier Wänden. Das ist gar nicht so einfach, es kam ganz überraschend, nicht?«

Es war am späten Nachmittag, so gegen sechs, und sie wirkte wie auf Drogen. Da ich gerade nichts auf dem Herd stehen hatte, konnte ich ihr eine Weile zuhören.

»Niemand weiß, daß ich hier bin. Nur Evelien. Ich hab' hier zum Glück äh ... ach ... wie heißt das nun wieder, du weißt schon ... Telefon! Ich weiß noch nicht, wie das funktioniert, ich habe gar keine Telefonnummern. Aber ich muß erst mal zur Ruhe kommen. Es ist alles so überraschend gekommen! Man muß natürlich sehen, wie sich das entwickelt. Ich habe den Vorteil, daß ich in meinen eigenen vier Wänden bin. Es hat sich ganz überraschend so ergeben. Na ja, ich warte erst mal ab. Man muß sich ja auch in die Lage hineinversetzen. Wenn nun etwas mit der Verwandtschaft ist, dann muß man doch Maßnahmen ergreifen. Es ist schon ein großer Vorteil, daß ich in meinen eigenen vier Wänden bin. Das können nicht viele von sich behaupten! Aber vor einer Annonce schrecke ich doch zurück. Weil man allein ist, weißt du. Als alleinstehende Frau ... Aber es muß etwas passieren.

Ich bin in meinen eigenen vier Wänden gelandet, und das ist ein großer Vorteil. Tja, ich muß erst mal abwarten. Das ganze Obergeschoß steht leer. Dort bin ich noch gar nicht gewesen. Da fällt mir ein, so zwischendurch, weißt du was, es wäre doch möglich, daß ... Aad könnte doch bei mir einziehen.«

»Onkel Aad will vielleicht lieber in seinem eigenen Haus bleiben, Ma.«

Ab und zu warf ich mehr als ein Ja oder Nein dazwischen. Obwohl sie gar keine Ermunterung brauchte.

»Dann müßtest du aber umbauen, Ma. Oben ist doch weder ein Bad noch eine Toilette.«

Onkel Aad hat ein prachtvolles freistehendes Haus an einem der Vinkenveener Seen. Nie würde er es mit einer unbequemen Stadtwohnung tauschen. Ich glaube, er hat Ma noch nie besucht.

»Umbauen? Das wird wohl nicht nötig sein. Für einen Studenten ... Oder auch zwei. Dann können sie sich abwechseln. Na ja, ich muß erst mal abwarten. Es kam alles ganz plötzlich. Wer weiß, wen man noch kennenlernt. Wenn ich auf meinem Hintern sitzen bleibe, passiert gar nichts. Es ist ein großer Vorteil, daß ich in meine eigenen vier Wände konnte. Wie sie das so schnell geschafft haben! Alles mußte über Nacht geschehen! Nein, eigentlich nur heute. Na ja. Ich wäre nicht drauf gekommen. Aber das Haus stand wohl leer.«

»Da hast du aber Glück, nicht?«

»Na ja, ich warte erst mal ab. Denn ja, Annoncen ... man ist doch eine alleinstehende Frau. Kann sein, man begegnet jemandem von früher, aus der Schule oder so, und man sagt, nanu, du auch hier? Wollen wir was zusammen unternehmen? Oder ... na ja, es wäre mir schon recht, wenn jemand für ein paar Tage kommen würde. Ich muß mich aber erst daran gewöhnen, hörst du! Alles ist so plötzlich gekommen. Bis man das alles verdaut hat! Wir müssen erst mal abwarten.«

Du kannst solange abwarten, wie du willst, Ma. Du wirst es nie mehr verdauen.

»Hallo, hallo!« rief sie auf einmal, weil sie offenbar dachte, es klingle an der Tür. Die Posaune, in die der Elektriker ihre Klingel verwandelt hatte, tönt aber so laut, daß ich sie sogar am Telefon gehört hätte. Ich hörte nichts.

»Es klingelt nicht, Ma.«

»Nein, es klopft. Jemand klopft an der Tür. Soll ich mal nachsehen?«

Sie legte den Hörer hin, und ich hörte das Parkett knarren. Es polterte ... und krachte es da nicht? In meinem Herzen ging ein eisiges Feuerwerk hoch. Ein Junkie? Oft macht sie die Tür auf, wenn das Telefon läutet, und vergißt dann die offene Tür. Ich hörte sie sprechen und näher kommen. Dann nahm sie den Hörer wieder in die Hand.

»Es war niemand draußen, aber mir tut der Fuß weh. Weißt du, ob noch jemand kommt?«

Das Feuerwerk verlosch so schnell, wie es sich entzündet hatte. Wunde Füße? Ihre Zehen standen kreuz und quer. Die verhornten Nägel, die sie im Lauf der Jahre bekommen hatte, verursachten Abschürfungen. Häßliche entzündete Stellen, die nicht heilen wollten. »Tja«, hatte der Arzt letztens in meiner Gegenwart gemurmelt. »Da kann man nichts machen, Frau Vosbergen. Das ist das Alter. Ihre Füße sind einfach abgenutzt.«

Am besten war noch so ein Trenndings, das die Zehen auseinanderhielt. Es half auch, wenn sie die Nylonstrumpfhose nicht dauernd trug. Mit spitzen Fingern hatte ich ihr die Strümpfe wieder hochgezogen, das Gesicht vor Ekel verzogen – wegen der weißen, schuppigen Haut, den verwachsenen Knöcheln und den dicken, gelblichen Nägeln. Mein Respekt vor der Hauspflege wuchs.

»Hee, Ma, hast du noch solche leckeren sauren Bonbons in der Schublade?«

Nachdem ich eine halbe Stunde zugehört hatte, lenkte ich das Gespräch in eine andere Richtung. Das war dir doch recht? So konnte ich es etwas fröhlicher ausklingen lassen.

»Ruf du doch bitte mal Pa an, er macht mich noch ganz verrückt! Sag ihm, daß ich nicht zu Hause bin!«

Er hatte Evelien sechsmal hintereinander angerufen.

Ich wählte seine Nummer, und als er den Hörer abnahm, klang seine Stimme wie aus dem Jenseits: »Wieringa.«

»Hallo Pa. Ich bin's, Sandra.«

»Oh, ja. Ich habe ein großes Problem. Ich muß dringend aufs Klo. Kannst du nicht schnell kommen?«

»Das wird nicht so leicht gehen, Pa. Ich bin in Amsterdam.«

»So weit weg, in Amsterdam?«

»Bevor ich bei dir bin, hast du dir längst in die Hosen gemacht.«

»Ja. Na, dann lasse ich es einfach laufen.« Ein tiefer Seufzer. »Das mach' ich öfters.«

Er legte auf, ohne sich zu verabschieden. Ich rief den Empfang im Abendrot an. Selbstverständlich würde sich gleich jemand um ihn kümmern.

Ich werde dir einen Schlips mit Nachttöpfen kaufen.

Vor weiteren Anrufen meines Vaters blieb Evelien verschont, aber am Abend meldete sich meine Mutter bei ihr. Ich war nicht zu Hause und fand später lange Pausen auf dem Anrufbeantworter vor, unterbrochen von ihrer weit entfernten Stimme. Sie weinte und konnte sich kaum verständlich machen. Ich bin blind, hörte ich. Ich bin blind! Ihre Stimme überschlug sich vor Panik. Wenn du blind wärst, könntest du mich nicht anrufen, war mein erster Gedanke. Ich schaltete das Gerät aus und rief Evelien an. Viertel nach zwölf, das ging gerade noch.

»Ja«, seufzte sie, »mir hat sie auch gesagt, sie sei blind.«

»Und du?«

»Ich habe gesagt: Das bist du schon seit Jahren.«

»Mein Gott, wie kannst du nur …«

»Nein nein, natürlich habe ich das nicht gesagt! Ich sagte zu ihr: ›Halt dir mal die rechte Hand vor das rechte Auge. Siehst du da was?‹ O ja, sie sah etwas. Eigentlich sah sie alles! ›Und jetzt nimmst du den Hörer in die andere Hand und hältst dir die linke Hand vor das linke Auge. Was siehst du jetzt? Gar nichts. Genau. Auf dem Auge bist du blind. Schon seit fünf Jahren. Durch ein Glaukom. Du bist operiert worden, weißt du noch?‹ Sie wußte es nicht mehr, war aber beruhigt. Trotzdem rief sie nach einer Stunde wieder an. Ob denn das Haus, in dem sie wohnt, ihr gehöre. Und die vielen Türen in den Gängen, die man nicht abschließen kann … da könne doch jeder aus- und eingehen! ›Denk mal gut nach‹, sagte ich, ›schau dich in aller Ruhe um. Wo bist du?‹ Na, wahrscheinlich in meinem Zimmer. Aber all die anderen Zimmer? Es sei gruselig in dem großen Haus, so ganz allein, was sie bloß machen solle. Sandra, sie fürchtet sich in ihren eigenen vier Wänden!«

Ich weine stille Tränen, Ma.

Du fürchtest dich in deinen eigenen vier Wänden. Ist das ein Gefühl wie im Krieg? Als ob man vom eigenen Grund und

Boden vertrieben wird? Tropfen deine Gedanken Stück für Stück durch geschlossene Türen? Willst du vor etwas fliehen, das dir abhanden gekommen ist?

Ich erinnere mich, wie wir früher bei schwerem Gewitter nachts aufgestanden sind und uns mit dir auf die Treppe gesetzt haben, in der Nähe der Haustür. Damals war das in deinen Augen die sicherste Stelle des Hauses, weißt du noch? Jetzt ängstigt dich auch diese Tür, dieselbe Haustür. Alle Türen ängstigen dich, ob sie nach innen oder nach außen führen. Wer deine Krankheit hat, findet kein sicheres Plätzchen mehr, Ma. Du kannst dich nirgends mehr verstecken.

# 14

»Beeilst du dich ein bißchen da oben? Jacco kommt gleich, und dann müssen die Kartons fertig sein!«

Unten im Flur schleppt sich Evelien mit Müllsäcken voller Kleidungsstücke ab. Für die Heilsarmee. Aus den Sakko- und Manteltaschen mußte sie erst die Hundekuchenkrümel herauspulen. Kein Wunder, daß die Mäuse ihr Domizil gern beim Garderobenständer aufschlugen.

Ich halte eine Mappe mit Briefen in der Hand. Briefe von mir an meinen Vater. Nette Briefe. Aus der Zeit, als ich zur Untermiete wohnte. Als ich eine eigene Wohnung bekam, fragte ich ihn um Rat wegen des Mietvertrages. Eine Kopie seines Antwortbriefes liegt auch dabei. Ich finde einen Urlaubsbrief aus Frankreich mit ein paar Zeichnungen. Wie alt war ich da, neunzehn, zwanzig? Ein ganz anderer Vater als der sauertöpfische Greis erscheint auf der Bildfläche. Ein Vater, dem ich herzliche Briefe schrieb. Ein Vater, den ich ganz vergessen hatte.

In einer Schublade des Schreibtisches, den Truus bekommt, finde ich ein türkisches Teeglas mit der dazugehörigen Metalluntertasse und einem durchlöcherten Löffel. Ein Mitbringsel, das ich ihm vor dreißig Jahren in der Türkei gekauft habe. Dazu hatte ich eine Neujahrskarte gezeichnet. Lieber Pa, ich wünsch' dir alles Gute für ... Truus' Grünpflanzen hatten nicht nur die Tischplatte angegriffen, sondern auch den Inhalt der Laden.

»Sind die Kisten fertig? In zehn Minuten kommt Jacco!«

Komm mir jetzt nicht mit deinem Jacco. Ist doch egal, ob er die Kartons heute wegschafft oder morgen. Oder übermorgen. Oder nächste Woche.

»Ich darf mich doch wohl auf meine Art von diesem Haus verabschieden! Schließlich ist es mein Vater und nicht seiner, dessen Haus hier ausgeräumt wird!«

Sollen sie mich doch hierlassen. Ich komme schon irgendwie nach Amsterdam. Ich möchte später nicht von dem Gedanken gequält werden, in der Eile etwas übersehen zu haben, oder daß ich voreilig mit dem Leben meines Vaters abgerechnet habe. Ich will den Dingen auf den Grund gehen. Diesen alten Kram in Ruhe durchackern. Ich will mir einfach anschauen, was sich hier im Lauf der Jahre alles angesammelt hat.

Schon seit Tagen räumen wir das Haus aus. Es wird verkauft und muß besenrein übergeben werden. Die vielen Müllsäcke und übereinandergestapelten Kartons verleihen ihm einen trostlosen Anblick. Offensichtlich hat es kein besonders glanzvolles Leben beherbergt. Von Pa bleibt nicht viel übrig. Seine Persönlichkeit wird demontiert, nur der Zigarrengeruch läßt sich nicht vertreiben. Es hat etwas Unwirkliches, daß wir hier seine Sachen ausräumen, während er nichtsahnend in seinem Zimmer im Abendrot sitzt. Nachher schauen wir noch auf einen Sprung bei ihm vorbei. Die gefüllten Kartons lassen wir im Auto auf dem Parkplatz.

Ich kann mich nicht einmal für die Bücher oder die Leiter bedanken. Wenn wir auf sein Haus zu sprechen kommen, murrt er sofort. Er wisse nicht, was wir meinen. Wir geben uns gar keine Mühe, sein Gedächtnis aufzufrischen. Evelien hat Angst, er könne sich eines Tages so weit erholt haben, daß er aus dem Rollstuhl aufsteht und sagt: Mir reicht's, ich gehe nach Hause. Und dann nimmt er ein Taxi und nennt die Adresse, unter der er fast vierzig Jahre lang zu finden war.

Nun ist das Haus verwaist. Wer möchte dies, wer möchte jenes? Ist das etwas für den Trödler, für die Heilsarmee, für den Flohmarkt? Bevor etwas auf dem Müll landet, wird es mir vorgelegt. Die Bücherkisten stehen schon unten, etwa ein Viertel seines Bücherbestands kommt mit zu mir. Wo soll ich sie bloß unterbringen? Fünfzehn Meter Bücher zusätzlich! Und Werkzeug. Und eine gute Leiter, die ausgeklappt vier Meter hoch ist. Und ein hübsches Petroleumlämpchen, reiner Nepp, das zartgelb brennt. Pa war ein bißchen romantisch veranlagt.

In einem hohen Regal in der Waschküche findet Evelien noch mehr Bücher.

»Hast du noch Interesse?« ruft sie hinauf.

»Lies mal ein paar Titel vor!«

»*Der kosmische Mensch*, *Genußsucht von A bis Z*, *Kerngesund mit Nüssen und Körnern*, *Ab sofort 120 Jahre jung*, *Zen und Makrobiotik*, *Sexualität und Persönlichkeit*, *Die Geheimnisse Ägyptens*, *Zimmerpflanzen in Wort und Bild*, *Sex über sechzig – eine Tatsache*, *201 Reparaturen im Haushalt*, *Das Sojakochbuch* und *Der eßbare Garten*.«

*Der eßbare Garten*? Ich sehe Vater vor mir, wie er mit Pfeil und Bogen zwischen den Brennesseln lauert. Wie sehr vegetarisch lebte er eigentlich? Etwas später finden wir im Tiefkühlschrank eine Unmenge gebratener Tauben. Was verraten diese

Bücher über ihn? Wer weiß, welch geheimes Leben er hier geführt hat.

Ich finde ein Foto von mir im Afrolook und einem zwischen die Löckchen gewundenen Tuch. Meine erste und einzige Dauerwelle. Ich weiß noch, daß mich Pa vom Zug abholte und auf dem vollen Bahnsteig brüllte: »Ach du lieber Gott, wie siehst du denn aus!« Ob ich will oder nicht, in all meinen Erinnerungen an Veranstaltungen im Familienkreis sehe ich Pa. Wenn ich Zeugnisse bekam, Musik- und Ballettauftritte hatte, bei Preisverleihungen auf der Kunsthochschule oder Weihnachten, Silvester, Geburtstage ... Meine Mutter war der Meinung, man dürfe ihn nicht ausschließen, und deswegen war er immer dabei. Möglicherweise war er ein ganz moderner Mann: geschieden, aber nichtsdestoweniger der Vater seiner Kinder. Oder hielt er uns für einen Besitz und sagte sich: Geschieden oder nicht, es sind meine Kinder? Jedenfalls war ich ein Trendsetter. In der Grundschule war ich die einzige aus der Klasse, die geschiedene Eltern hatte, und kam mir deswegen höchst interessant vor. Evelien nicht, die verging vor Scham. Und Karel? Ich weiß nicht, wie Karel damals darüber dachte. Wie er später darüber dachte, weiß ich auch nicht. Er wollte nie darüber sprechen. Daß diese Weiber immer von früher tratschen müssen! Karel ist in Pas Wohnung gewesen, als ich nicht da war. Er hat das riesige Barometer aus dem Flur mitgenommen und das schlecht gemalte Porträt von Pa, das im Wohnzimmer hing.

Heute morgen suchte Evelien nach einer Geige, die nirgends zu finden war. Hat Pa Geige gespielt? Ja, und gar nicht mal schlecht. Er trat schon als kleines Kind bei Hochzeiten und anderen Festen auf. Seine Mutter sang eigene Lieder, und er begleitete sie auf der Geige. Dieselbe Mutter, die seinen Teddy in den Ofen geschmissen hat? Ja, dieselbe. Oma Wieringa, weißt du nicht mehr? Nein, ich erinnere mich nicht an sie.

Evelien und ich tauschen eine Menge Jugenderinnerungen aus. Die kratzen sich gegenseitig die Augen aus, sagte meine Mutter von uns dreien, wenn Besuch kam. Erst als Evelien und ich erwachsen waren, stellten wir fest, daß wir auch ohne Streit miteinander auskamen. Hauptsache, Karel mischte sich nicht ein.

»Ach sieh mal, hier!« Ein großes Schwarzweißfoto, das ich selbst geknipst und abgezogen habe, zeigt meinen Vater auf Eveliens Couch. Er hat Blacky auf dem Schoß. Neben ihm sitzt Onkel Jan, der eine Pfeife in der Hand hält. Kerzengerade, im feinen Anzug.

»Hat er dir auch immer einen Handkuß gegeben und dir zugezwinkert und gesagt: ›Wie geht es Ihnen, edle Prinzessin?‹ Du warst erst acht.«

Evelien schmunzelt. »Er war ein richtiger Gentleman, nicht wahr?«

»Onkel Jan war ein Kavalier!«

Er hätte Diplomat, nicht Chemiker werden sollen. Er war der einzige Freund meines Vaters. Vor sechs Jahren ist er gestorben. Ein Jahr nach dem Tod seiner Frau, er wollte nicht mehr weiterleben. Ach, Mädel, was soll ich denn noch hier? sagte er, als ich ihn einmal besuchte. Er schaute mich aus bleigrauen Augen an, aus denen er ungeniert Tränen tropfen ließ.

»Onkel Jans Tod war ein schwerer Schlag für Pa, nicht wahr?«

Evelien nickt. »Diese Freundschaft war für ihn sehr wichtig.« Sie hatten sich einmal in der Woche gesehen. Pa hatte sowieso keine besondere Lust mehr zum Leben, aber als Onkel Jan starb, verschwand das wenige auch noch. Außerdem war Onkel Jan der einzige gewesen, von dem sich Pa etwas sagen ließ. Er durfte ihn ausschimpfen, wenn er so halsstarrig war. Als Pa das erste Mal ins Krankenhaus kam, hatte ihm der Hausarzt bescheinigt, daß er schon lange unter Depressionen litt.

»Damals ist er wirklich vereinsamt.«

»Das hat er sich selbst zuzuschreiben!« Ich ertrage es nicht, wenn mir jemand seine Einsamkeit aufhalsen will. Unternimm was dagegen! Geh unter die Leute und mach ein freundliches Gesicht. Erkundige dich zur Abwechslung auch mal, wie es den anderen geht.

Vor ein paar Tagen hatte Evelien mit Pa im Aufenthaltsraum Kaffee getrunken, als ein Mann hereinkam, sich vorstellte und sagte: »Ich bin neu hier und wollte fragen, ob jemand von Ihnen gern Billard spielt.« Alle hatten ihn mit offenem Mund angestarrt, und keiner hatte einen Ton herausgebracht.

Eine Partie Billard? Vielleicht sollte ich mal bei ihm vorbeikommen, wenn ich im Abendrot bin. Was wird er wohl spielen: Snooker oder Pool? Oder Libre? Kein Problem für mich, ich kann mit allem mithalten. Evelien findet Frauen, die Billard spielen, ein bißchen ordinär, glaube ich.

Bei den Fotos von Onkel Jan finde ich einen Briefumschlag mit kleinen Schwarzweißaufnahmen. Eine altmodisch gekleidete Frau steht steif vor altem Gemäuer. Prag? Budapest? Wer ist die Frau? Eine Cousine um sieben Ecken? Evelien lacht.

»Das ist Truus.«

Ich halte die Fotos ins Licht und fixiere ohne Lesebrille die freundlich lachende Frau auf den Fotos. Eine anständige Frau. Was hatte ich denn erwartet? Ein aufreizendes Luder? Einen Vamp? Ich kaufe dir einen Schlips mit Pin-ups, Pa!

»Warum hat sie ihn eigentlich verlassen?«

»Ganz einfach: Truus wollte endlich wissen, woran sie ist. Sie wollte heiraten, Pa aber nicht.«

»Warum denn nicht? Wegen seiner Firma? Oder wegen Mutter?«

»Keine Ahnung!« Evelien zieht ihre Frag-doch-nicht-immer-soviel-Miene und stapelt ein paar Kisten übereinander.

Ich lege die Fotos beiseite. »Die sind für Truus.«

Den Rest haben wir schnell sortiert. Wer auf dem Foto drauf ist, bekommt es auch. Ein paar für Karel, ein paar für Evelien und ein paar für mich. Für meine Mutter fällt nichts ab.

»Was du nicht alles gebrauchen kannst«, seufzt Evelien, als ich einen Beutel Radiergummis beiseite lege. Wunderbare kleine Dinger, eine Seite blau, die andere rot.

»Soll ich sie etwa in den Mülleimer schmeißen?«

»Du brauchst doch höchstens einen, sagen wir zwei.«

Den Rest würde sie wegwerfen. Ich nicht. Pa auch nicht. Ein ganzer Beutel voll ... Mir gefallen sie, gerade weil es so viele sind. Sie sehen aus wie altmodisches Konfekt. Oder geheimnisvolle Überbleibsel aus der alten Firma. Nein, Schwester, die kommen nicht in den Mülleimer. Alle Radiergummis zu mir!

Ich lege mehr Zeug beiseite, als ich geplant habe. Vielleicht wegen der Briefe. Vielleicht liegt mir doch daran, Pa, etwas von deinem Zuhause in mein Leben hinüberzuretten. Vielleicht ähnle ich dir mehr, als ich wahrhaben möchte.

Meine Kartons stehen bereit. Jorick kommt noch nachsehen, ob etwas für ihn oder seinen Bruder dabei ist, und der Rest wird verkauft. Evelien wird die Trödler abklappern. Bettwäsche, Handtücher und Kleidungsstücke bekommt die Heilsarmee, und für die restlichen Bücher hat sich schon ein Interessent gefunden ... Es ist merkwürdig, wie wir mit den Dingen umgehen, die vom Leben eines anderen übrigbleiben.

»Was machen wir mit der Sansevieria?«

»Die ist schon ganz vertrocknet.«

»Es ist doch schade um so eine große Grünpflanze.«

Seit Pa im Abendrot wohnt, hat sie niemand gegossen. Aber sie reichte immer noch bis zur Decke. Ich konnte sie nicht einmal allein hochheben!

»Oje, die sind auch vertrocknet.« Ich streiche über die Geranien.

»Das kann nicht sein, das sind Plastikblumen!« Evelien stellt einen Karton ab.

»Sieh doch, lauter braune Blättchen!«

Ungläubig beugt sie sich über die Plastikpflanzen.

Ich bin müde. Und dreckig. Ich freue mich auf die dampfende Badewanne voller Schaum und Kräuterduft in Eveliens und Jaccos luxuriösem Bad.

Morgen gehe ich zwei Pflegeheime besichtigen. Evelien will nicht mitkommen.

»Denkst du, ich weiß nicht, wie es dort aussieht? Das sieht man oft genug im Fernsehen.«

»Und wenn sie nun kurzfristig eingeliefert werden muß? Dann müssen wir doch wissen, wohin mit ihr.«

Die »Morgendämmerung«, das geriatrische Pflegeheim ganz in der Nähe vom Abendrot, möchte sie aber trotzdem sehen. Wir geben ihm den Vorzug, da es nicht weit vom Haus meiner Schwester entfernt liegt. Und ich könnte mit dem Klappfahrrad eine Dreiecksbeziehung zwischen Pa, Ma und dem Bahnhof knüpfen.

Das andere Pflegeheim, der Groengrindhof, liegt in der Nähe der Tuinbouwstraat. Das sagt natürlich noch nichts. Wir werden uns wohl ein bißchen umsehen müssen, um die Heime von innen kennenzulernen und überhaupt einmal die Möglichkeiten zu sondieren. Es macht mir nichts aus, allein loszuziehen.

»Wenn man sich dort selbst umsieht, ist es ganz was anderes, das kannst du mir glauben.«

Vermutlich weiß ich jetzt schon besser Bescheid als meine Schwester, denn ich habe ein altes Pflegeheim in Amsterdam besichtigt. Ich wollte wissen, was meiner Mutter bevorsteht, und dachte in meiner Naivität, daß sich die Pflegeheime im ganzen Land gleichen. Natürlich ging ich nicht davon aus, daß sie in Amsterdam landen würde. Ich versuchte nur, mich im Labyrinth der Gesundheitsfürsorge zurechtzufinden.

Evelien wollte sich nicht mit mir umsehen.

»Ich komme mit in die Morgendämmerung, aber in den Groengrindhof kannst du allein gehen.«

An deinem dünnen Stimmchen höre ich, daß es dir nicht gut geht, Ma. Du meldest dich am Telefon mit einem »Jaaah«, statt wie üblich »Hier Frau Vosbergen« zu sagen.

»Hallo Ma, ich bin's. Wie geht's dir?«

Du zögerst. Ich höre dich am Hörer herumfummeln. Dann sagst du wieder: »Jaaah, hallo«.

»Hallo Ma, ich bin es, Sandra. Wie geht's dir?«

»Ja ... äh ...« Es bleibt ein Weilchen still. Und dann: »Ich war im Nichts, und von dort mußte ich erst zurück nach äh ... na ja, du weißt schon.«

»Das wird dir später fehlen, das Telefon«, sagt Evelien. Sie hat recht. Es ist fast das einzige Kommunikationsmittel zwischen mir und meiner Mutter. Ich werde mich morgen in den Heimen erkundigen, wie das ist, ob du dort überhaupt einen Telefonanschluß bekommst, Ma. Ich proste meiner Schwester zum soundsovielten Mal zu. Wir hängen beide im Schlafrock in unseren Sesseln und trinken Wein. Nachteulen. Jacco ist schon schlafen gegangen. Prost, auf morgen!

»Wir können ihr auch ein Handy kaufen.«

»Was meinst du mit Handy?«

»Ein Mobiltelefon.«

Evelien verschluckt sich. »Du kommst ja auf Ideen.«

Ich komme auf noch viel schlimmere Ideen. »Das Ding klingelt, und keiner weiß, woher es kommt, und dann zeigt eine andere Patientin auf Mamas pralle Rocktasche und schreit: ›Telefon, Telefon!‹ Und sie sitzt am Tisch und lächelt friedlich vor sich hin, während alle anderen Heiminsassen aufspringen, um sich das Telefon zu angeln. Endlich entdeckt sie das Ding in ihrer Rocktasche, erschrickt, zieht daran wie an einer toten Maus, es läutet immer noch, sie schleudert es von sich, es landet in einem Teller Haferschleim, den sich gerade jemand einverleibt, und das Klingeln hört immer noch nicht auf, denn ich bin am anderen Ende und denke, du mußt doch da sein ...«

Meine Späße sind ziemlich daneben, Ma. Aber ich kann nicht anders. Sollte ich lieber um mich schlagen? Jemanden verprügeln oder mit dem Maschinengewehr ... Soll ich meine Gefühle in mich hineinfressen und eine schlimme Krankheit ausbrüten? Entschuldige Ma, heute abend stört das niemanden mehr.

Abgesehen von Evelien.

»Mußt du gleich so brutal sein!« sagt meine Schwester. Sie schlägt dabei die Augen nieder. Dann holt sie eine neue Flasche Wein, zieht den Korken heraus und füllt schweigend unsere beiden Gläser.

# 15

Ich bin nur noch Tochter. Es ist eine Ganztagsbeschäftigung, die Tochter einer Mutter mit Altersdemenz zu sein. Ich gehe durch die Straßen, stehe in Läden, sitze in der Straßenbahn und betrachte die anderen Leute. Haben sie auch alte Eltern? Sind sie auch auf dem Weg ins Altersheim? Oder sind sie selbst alt? Verlieren sie schon den Verstand? Haben sie Dementia arteriosclerotica oder die Alzheimersche Krankheit? Ich lerne dazu. Kostet mich die Krankheit meiner Mutter nicht übermäßig viel Kraft? Nein, nein, das ist ganz normal, sagt ein junger Sozialarbeiter, der im Nachbarschaftshaus einen Vortrag über Demenz hält. Du befindest dich mitten in einer Trauerarbeit, deren Ende nicht absehbar ist. Zur Demenz gehört Trauer. Schritt für Schritt mußt du von deiner Mutter Abschied nehmen. Lebt wohl, ihr schönen Hände, ihr häßlichen Füße, du hübsche Nase ... Was macht eine Persönlichkeit aus?

Wir saßen an einem großen Tisch. Ein paar ältere Frauen, deren Männer an Demenz erkrankt waren, und noch eine Tochter. Der junge Mann fragte uns, wie wir mit der Trauer umgingen, wie wir sie verarbeiteten. Ich schreibe es auf, sagte ich, als ich an der Reihe war. Plötzlich hatte ich Tränen in den Augen und konnte nicht weitersprechen. Ich kam mir vor wie in einer Gruppentherapie, wo der Psychologe ständig sagt: Gut so, raus mit den Gefühlen. Jemand schob mir ein Papiertaschentuch hin. »Ich tue mir schon selbst leid«, scherzte ich unter Tränen. Ich mußte an meine Katze denken, die am Morgen operiert worden war.

Mit Mißgeschicken, Krankheiten oder privaten Katastrophen habe ich dich in den letzten Jahren kaum noch behelligt, Ma. Ich habe immer seltener von dir verlangt, daß du mit mir mitdenkst oder mir deine Meinung sagst. So wurde unser Verhältnis immer oberflächlicher.

Weißt du, wann ich endgültig wußte, daß du mich nie, nie wieder trösten wirst? Heute nacht. Nachdem ich mit der kranken Katze im Arm eingeschlafen war.

Ich schlief ganz fest, als mich ein heftiges Donnerwetter aufschreckte. Der Sturzregen prasselte auf das Dach des Wintergartens herunter. Da überfiel mich meine alte Angst vor Blitz und Feuer mit voller Wucht. Ich lag auf dem Rücken und konnte kein Glied rühren, als wäre ich wie Gulliver in Liliput mit vielen kleinen Stricken an die Matratze gefesselt. Gelähmt vor Angst. In den paar Sekunden oder Minuten, die das gedauert hat, hast du mir schrecklich gefehlt. Wie ein Urschmerz überspülte mich die plötzliche Gewißheit, daß du nie wieder für mich da sein wirst.

Ich weiß noch, als ihr mich bei Tante To einquartiert hattet, weil Pa und du die Scheidung vorbereiteten. War ich acht oder neun? Später erzähltest du, du wolltest eine Woche Urlaub machen, weil dir sonst die Decke auf den Kopf fallen würde.

Am Vorabend deiner Abreise riefst du an. Ich stand im Schlafanzug oben an der Treppe und wartete darauf, daß mich Tante To ans Telefon rufen würde.

»Oh, es geht prima«, hörte ich sie unten sagen. »Ja, natürlich, die schläft schon lange.«

Meine Füße gefroren auf dem eiskalten Linoleum.

»Gute Reise, amüsier dich gut und laß die Sorgen zu Hause! Jaja, ich werde Sandra von dir grüßen!« Sie legte auf.

Ich wußte, daß du das am Telefon gewesen warst, Ma. Und daß du wegfahren wolltest. Aber ich wußte keineswegs, wohin du fahren und ob du wiederkommen und mich abholen würdest ... Als Tante To die Treppe heraufkam, hatte ich mich unter der Decke versteckt und hielt den Atem an.

»Sie müssen auch bedenken, was Sie Ihrer Mutter vorenthalten, wenn Sie sie nicht ins Heim geben.«

Der Mitarbeiter des Groengrindhofs hatte Klartext geredet, aber erst das Vierbettzimmer und die grellorangefarbenen Tagesdecken hatten Evelien den Rest gegeben. Ich werde gleich anfangen zu heulen, sagte sie und hielt sich die Hand vor den Mund. Ich war froh, daß sie doch mitgekommen war. Manches kann man nicht erklären, man muß es selbst gesehen haben, um es zu verstehen. Ich hatte meinen Pflegeheimschock schon weg. Nach meiner ersten Heimbesichtigung heulte ich abends im Bett. Jetzt, bei der zweiten, fiel mir beim Anblick dieser Tagesdecken eher das Trara ein, mit dem die Sportfans unsere Nationalfarbe trugen. Würde das Orange auch die vier Zimmergenossinnen zu nächtlichem Unfug inspirieren? Ich sehe meine Mutter schon im Nachthemd auf ihrem Bett stehen, das dicke weiße Haar zu zwei frechen Zöpfen geflochten, und wiehernd vor Lachen mit Kissen um sich werfen.

Der Groengrindhof hatte ein Freigehege für Tiere. Neben einer Holzbank im Garten baumelten Meisenknödel und Erdnußgirlanden. Lila Krokusse bohrten sich tapfer durch die klumpige Erde. Die obere Abteilung hatte eine Einbauküche und einen gemütlichen Aufenthaltsraum, wo zwei Wellensittiche im Käfig zwitscherten. Eine angenehme Umgebung, fröhlich und warm.

Aber natürlich ist es nicht wie zu Hause, da hast du recht, Ma.

In der Morgendämmerung, dem anderen Heim, hatte niemand Erdnüsse für die Vögel aufgefädelt. Im großen Aufenthaltsraum hatte eine alte Frau mit einem weißen Haarknoten und Apfelwangen abwesend im Rollstuhl gesessen. Ein Gipsbein ragte hervor. Sie fummelte an ihrer braunen Strickjacke herum. Sie ähnelte dir, Ma. Glücklich sah sie nicht aus.

Um das Haus meines Vaters verkaufen zu können, brauchten wir seine Unterschrift. Da war nichts zu machen. Er verstand nicht, um was es ging, und konnte nicht einmal mehr den Kugelschreiber halten. Wir mußten ihn vom Notar und vom Gericht offiziell entmündigen lassen. Wegen Demenz.

Pa und Demenz? Inzwischen kann ich seine letzten Jahre einordnen. Er hat es gewußt! Er versuchte seinen Kampf mit dieser schleichenden Krankheit hinter seiner Griesgrämigkeit zu verstecken. Seine Wut war eine Reaktion darauf, daß er die Kontrolle über sein Leben verlor. Wie würde ich in seiner Lage reagieren? Würde ich alles kurz und klein schlagen? Mir fällt ein Titel aus seinem Bücherschrank ein, den ich nicht mitgenommen habe: Ernährung, Altern und Demenz. Er muß es gewußt haben. Hat er sich deswegen mit *Milky Ways* vollgestopft?

Bei der Hauspflege, die meine Mutter dreimal täglich betreute, arbeitete Linda, eine junge Frau, mit der sich meine Mutter besonders gut verstand. Evelien und ich hielten Kontakt mit ihr. Sie hatte Erfahrung mit Demenzpatienten und konnte die Lage gut einschätzen.

Vor ein paar Tagen fand sie meine Mutter auf der Toilette. Sie hatte sich eingeschlossen und wußte nicht mehr, wie man den Riegel aufbekommt. Gestern roch es stark nach Gas. Erst wurde die Feuerwehr geholt, weil man dachte, die Leitung sei undicht geworden, aber dann stellte sich heraus, daß es meiner Mutter hin und wieder gelang, den Gashahn hinter dem Herd aufzudrehen. Was wolltest du denn kochen, Ma? Milch für den Kaffee?

Jetzt wird es gefährlich. Sowohl für sie als auch für die Nachbarn. Dabei ist sie manchmal ganz klar im Kopf: »Daß ausgerechnet mir das passieren muß, das ist so ungerecht! Da schuftet man sein Leben lang und muß dann so enden ...«

Linda berichtete, sie sei frühmorgens oft so verwirrt, daß sie die Haustür öffnet, wenn das Telefon läutet. Einmal konnte sie die Toilette nicht mehr finden und hatte Linda, die in der Küche stand und eine Schnitte schmierte, auf die Schulter geklopft und gesagt: »Ich gehe wieder ins Bett, da kann ich wenigstens nichts falsch machen.« Ratlos seist du dagestanden, Ma, auf deinen wunden, nackten Füßen, und wieder ins Bett abgezogen.

»Einmal hat deine Mutter gesagt: ›In meinem Kopf war so viel Betrieb, daß ich mich hinsetzen mußte, um ruhig nachzudenken und alles wieder auf die Reihe zu kriegen. Aber da war plötzlich nichts mehr in meinem Kopf, überhaupt gar nichts!‹«

Mir tat es gut, mit Linda zu sprechen. Sie hatte meine Mutter ins Herz geschlossen. »Manchmal schreibe ich mir auf, was sie gesagt hat. Sie kann es so gut in Worte fassen. Eure Mutter ist eine ganz besondere Frau!«

Am ersten warmen Frühlingstag ging Linda in ihrer Freizeit mit meiner Mutter spazieren.

»Ich stand einmal im Flur direkt hinter deiner Mutter und hatte ein Butterbrot in der Hand, das ich gerade für sie gestrichen hatte, als sie im Jux die Treppe hinunter rief: ›Juhu, Fräulein, bringen Sie mir bitte ein Käsebrötchen!‹«

Die Gespräche mit Linda taten uns wirklich gut. Evelien und ich brauchten Hilfe bei unserer Entscheidung. Linda war auch der Ansicht, daß meine Mutter eigentlich nicht in ein normales Pflegeheim paßte. Wer paßte da überhaupt hinein? Aber wo sollte sie sonst hin? Letztens hatte sich im Fernsehen ein Fachmann darüber aufgeregt, daß jeder Verbrecher per Gerichtsbeschluß eine Einzelzelle verlangen könne, während alte Leute zu viert oder zu sechst in einem Saal liegen müssen. Ein eigener Nachttisch und eine Pinnwand, mehr nicht, Ma!

»Vielleicht wäre es gut, wenn ihr eure Mutter mal in den Groengrindhof mitnehmen würdet. Funktioniert das Heim nicht auch als Tagesstätte?«

Linda macht sich genauso viele Gedanken wie wir. Wie kriegen wir dich bloß soweit, daß du mitkommst, Ma? In deinen lichten Momenten möchtest du absolut nicht von zu Hause weg. Dann möchtest du am liebsten, daß jemand bei dir einzieht. An anderen Tagen sagst du zu Evelien: So kann es nicht weitergehen. Dann möchtest du, daß jemand bei dir ist, wenn die Wirklichkeit über dich hereinbricht. Oft hast du vergessen, daß du dich in deinen eigenen vier Wänden befindest. Wenn du deine Möbel, dein Wohnzimmer, deine Küche nicht mehr erkennst und dich fragst, wo das Personal bleibt. Und der Direktor. Mit dem möchtest du gern mal ein Wörtchen reden, denn hier gefällt dir so manches nicht!

Die Entscheidung fiele uns leichter, Ma, wenn du in diesem Zustand bleiben würdest. Wenn du aufgebracht bist und schimpfst: Keine Ahnung, ob sie Miete zahlen, die jungen Leute, sie kommen und gehen, wie sie wollen! Es macht auch nichts, wenn du nicht weißt, wer Evelien und Sandra sind. Aber manchmal kehrst du wieder an den Rand des alltäglichen Lebens zurück. Dann sagst du: Ich weiß schon, daß diese Leute gar nicht da sind, aber ich sehe sie nun mal! Und sie sehen so echt aus, als ob da zwei Welten verschmelzen würden. Ich weiß bloß nicht, welche die richtige ist.

So ging es dir auch mit den zwei Frauen, die du am Telefon sitzen sahst:

»Als ich auf sie zuging, verschwanden sie, also dachte ich mir schon, daß ich sie mir nur eingebildet hatte, aber ich hatte ihnen noch gar nicht den Rücken zugedreht, als sie schon wieder dasaßen! Die hörten gar nicht mehr auf zu telefonieren! Da habe ich klipp und klar gesagt: ›Meine Damen, das ist mein Telefon, also auch meine Telefonrechnung. Vergessen Sie das bitte nicht!‹ Ich bin ganz freundlich geblieben, aber ich habe ihnen trotzdem Bescheid gesagt!«

Pa hatte Jorick angerufen, da er bei Evelien an den Anrufbeantworter geraten war. »Du mußt sofort kommen, ich bin in großen Schwierigkeiten!«

»In was für Schwierigkeiten, Opa?«

»Hier treiben sich lauter Landstreicher rum, die haben meinen Fotoapparat gestohlen!«

Jorick kam.

»Wer hat deinen Fotoapparat gestohlen, Opa?«

Den Fotoapparat gestohlen?

»Wie kommst du denn darauf? Hier ist doch mein Fotoapparat!«

Pa holte unter seiner Strickjacke die Fernbedienung vom Fernseher hervor.

Meine Mutter ruft um zwei Uhr nachts an, weil sie oben Schritte hört. Auch das Konfekt von Teresa habe man ihr entwendet. Und sie wolle den Gasherd aufdrehen, um sich etwas zu kochen, denn sie habe seit drei Tagen nichts Warmes zu essen bekommen. Außerdem tute da ständig irgendwas, es sei zum Verrücktwerden.

Ich höre ein tiefes Summen durch das Telefon. Es komme aus dem Schrank mit dem roten Griff, sagt sie. Das ist der Alarmmelder des Seniorennotdienstes. Ein Kurzschluß? Ob nicht jemand vorbeikommen könne? Jorick macht sich mitten in der Nacht auf den Weg. Vorsichtig zieht er ein paar Drähte aus dem Apparat, bis das Summen aufhört. »Jetzt kannst du dich ruhig schlafen legen, Oma.«

Am nächsten Tag kommt ein Monteur vom Notdienst. Ma ruft Evelien an: »Hier will dich jemand sprechen.« Der Monteur fragt Evelien, ob sie weiß, wo die Kordel mit dem großen roten Klingelknopf hingekommen ist. Meine Mutter wisse nicht, was er meint. Evelien bittet den Mann, hinter dem Bett, unter den Kissen, in den Schubfächern unter dem Couchtisch, im Schreibtisch und in verschiedenen anderen Schränken nachzusehen. Meine Mutter folgt ihm argwöhnisch auf Schritt und Tritt. Ein fremder Mann, der ihre Schubladen aufreißt? Er kann den Klingelzug nicht finden und repariert die Anlage schließlich ohne ihn. Wahrscheinlich funktioniert alles wieder, sagt er, aber wenn Sie den Klingelzug wiederfinden, müssen Sie es der Zentrale melden, damit wir es kontrollieren können.

Hat sie das Ding etwa in den Mülleimer geworfen? Oder hängt es in der Duschzelle, in der wir es schon öfter gefunden haben? Evelien bittet Jacco, in der Mittagspause bei Ma vorbeizugehen. Jacco sucht alles ab.

»Möchtest du einen Kaffee?« fragt sie ihn höflich, als er

sich schließlich auf die Couch fallen läßt. »Du kannst bestimmt einen gebrauchen, nicht?«

Statt in die Küche zu gehen und Wasser aufzusetzen, setzt sie sich neben ihn auf die Couch und fragt zutraulich: »Was suchst du denn eigentlich?«

»Den Klingelzug von der Alarmanlage!« seufzt Jacco. »Du weißt schon, diesen roten Klingelknopf an der Schnur, die du dir immer um den Hals hängen solltest.«

»Meinst du das hier?« fragt sie und holt den Klingelzug aus der Bluse hervor.

»Kommst du noch einigermaßen zurecht?«

»Was meinst du?«

»Kommst du noch zurecht?«

»Ob ich zurechtkomme? O ja, bestens, danke!«

»Hast du denn keine Hilfe?«

»Nein, ich habe keine Hilfe. Um alles muß ich mich selbst kümmern!« Meine Mutter sprach langsam und deutlich. Mein Vater litt an einer chronischen Mittelohrentzündung und verstand überhaupt nichts mehr.

»Ich versteh' nicht«, brummte er. Ich beobachtete eine Fliege, die auf dem rosa Zuckerguß des Diabetikertörtchens, das wir mitgebracht hatten, hin und her krabbelte. Nach zwei Bissen hatte er es aufs Fensterbrett gestellt. Meine Mutter gab sich noch einmal Mühe:

»ICH HABE KEINE HILFE! ICH MUSS MICH UM ALLES SELBER KÜMMERN! ABER ICH MACHE NICHT VIEL DRECK!«

»Könntest du nicht öfter kommen«, knurrte er in ihre Richtung.

»WAS SAGST DU?«

»Du sollst öfter kommen!«

»Jaja.« Sie nickte zufrieden. »Aber du wohnst so weit weg.«

»Ich verstehe nicht.«

»DU WOHNST SO WEIT WEG!«

»Ach so, weit weg, ja!«

Er runzelte die Augenbrauen.

»Hast du kein Auto?«

»Ob ich ein Auto habe?« Erstaunt schaute sie erst von ihm zu mir und dann wieder von mir zu ihm. Sie besaß nicht einmal einen Führerschein.

»Nein, ich habe kein Auto.«

»Was sagst du?«

»ICH HABE KEIN AUTO! NOCH NIE!«

»Noch nie? Ach, ich verstehe ja sowieso nichts«, murrte er. Seine Nase tropfte unentwegt auf seine lilablaue Hand und auf die Zigarre. Es zischte. Argwöhnisch untersuchte er den Stummel. Zwischen den Beinen holte er ein Feuerzeug zum Vorschein, mit dem er die Zigarre wieder anzündete. Eine Rauchwolke trieb zum Fenster.

»Ich weiß nicht, wer es gewesen ist, aber die haben mich einfach ins Gefängnis gesteckt.«

»Nein, Pa, du bist nicht im Gefängnis. Du kannst dich frei bewegen, aber du sitzt im Rollstuhl, das ist das Problem. Du kannst nicht mehr gehen.«

»Die hungern mich hier aus!« Sein wäßrigen Augen hefteten sich verstört auf meine Mutter, die ihm lächelnd zunickte. Sie hatte nicht gehört, was er gesagt hatte.

Auf dem Törtchen hatte sich eine zweite Fliege niedergelassen, die auch was vom Zuckerguß abhaben wollte. Die erste strich sich mit ihren staksigen Vorderbeinen über den Kopf.

»Du kannst doch auch hier einziehen.« Hoffnungsvoll wandte sich mein Vater wieder an meine Mutter.

»Mich nehmen die hier nicht. Ich sitze ja nicht im Rollstuhl.«

»Ach so, stimmt ja.«

»Es ist nicht schön, wenn man alt wird.«

»Was sagst du?«

»ES IST NICHT SCHÖN, WENN MAN ALT WIRD.«

»Nein, wem sagst du das!«

Er ließ sich im Rollstuhl ein wenig zur Seite fallen, zog ein bedenkliches Gesicht und ließ einen Furz.

Da der Besuch meine Mutter ziemlich anstrengte, nahmen wir einen früheren Zug. Bei ihr zu Hause streute ich einen Haufen Gewürze über das Essen und stellte es in die Mikrowelle. Für mich holte ich eine Pizza an der Ecke. Als ich mich an den Tisch setzte und zu essen begann, wurde sie böse. Ich solle die Pizza einpacken und mit nach Hause nehmen. Die Schachtel habe nichts in ihrer Küche verloren. Sie wolle nichts aufheben ... Erst später verstand ich, warum sie so böse gewesen war. Mir wäre es auch nicht recht, wenn plötzlich eine wildfremde Person hereinkäme und sich an meinem Tisch über eine Pizza hermachen würde. Sie hatte mich nicht erkannt. Kurz vor dem Weggehen fand ich das Buch wieder, das sie beim letzten Mal die ganze Zeit gesucht hatte.

»Oh, wenn Sie wüßten, wie ich mich freue, daß ich das wiederhabe. Würden Sie es mir leihen?«

»Das Buch gehört dir, Ma!« Daß ich sie »Ma« nannte, entging ihr offenbar völlig. Ich fand noch ein paar Bücher, die möglicherweise für sie geeignet waren.

*Liber God, kanns tu machen das es am samsdag nichd regnen tut?* las ich in einem Band mit Kinderbriefen an den lieben Gott. »Hier kannst du vor dem Schlafengehen mal reinschauen.«

Ich reichte das Buch meiner Mutter, die freudig zu mir aufschaute.

»Leihen Sie mir das?«

»Du kannst es sogar behalten.«

»Ist das Ihr Ernst? Kann ich es wirklich behalten?«

Ich nickte großmütig. Schließlich waren es ihre Bücher, die ich da verschenkte.

»Recht vielen Dank auch! Da muß ich gleich meinen Namen reinschreiben!«

Sie suchte sich einen Stift und setzte sich an den Tisch, auf dem noch meine Pizzaschachtel stand. Sie beugte sich tief über die Titelseite. Dann drehte sie sich um und streckte mir den Stift entgegen.

»Würden Sie bitte ... Ich kann im Moment nicht gut schreiben.«

Ich nahm den Stift in die Hand. Sie stellte sich neben mich und paßte genau auf.

»Schreiben Sie bitte *H. H. Vosbergen*.«

Ich habe dich selten so glücklich gesehen wie damals, Ma, als ich wegging und du mit den Büchern im Schoß zurückbliebst.

»Haben Sie vielen, vielen Dank!«

# 16

Wir führen sie. Evelien rechts, ich links. Wenn eine Türöffnung zu schmal für uns drei ist, lassen wir sie abwechselnd los.

»Das ist der Aufenthaltsraum. Hier organisieren wir Veranstaltungen, und hier können Sie Ihrem Besuch Kaffee, Tee oder Limonade anbieten.«

Der Heimleiter geht voran, quer durch den Saal, und nickt den Leuten an den Tischen zu. Alle mustern uns. Die Patienten und ihr Besuch. Überwiegend Frauen. Frauen mit grauen Löckchen. Töchter. Sie mustern uns. Halte ich mich eigentlich an dir fest oder du dich an mir, Ma? So werden wir auch dasitzen, wenn wir dich besuchen. Dort in der Ecke. Und dir ins Ohr schreien, weil du das Hörgerät wieder einmal falsch eingestellt hast.

Wir halten sie ganz fest. An der Eingangstür hat meine Mutter ein Lächeln aufgesetzt, das sie beibehält, auch wenn sie den Blick ängstlich auf den Boden heftet. Sie will nicht hinfallen. Sie fürchtet sich vor dem tiefen Abgrund der Vergessenheit.

»Und hier geht es in den Garten.«

Der Regenschauer, der uns auf dem Weg zum Groengrindhof erwischte, hat nachgelassen. Ich möchte mir das Freigehege mit den Tieren und den Rest des Gartens ansehen. Als ich voriges Mal mit Evelien hier war, haben wir es vergessen.

»Es macht einen guten Eindruck auf mich, aber ich will erst noch mal alle Vor- und Nachteile abwägen. Ich gehöre nicht zu den Leuten, die wichtige Entscheidungen auf die Schnelle treffen. Wenn ich einmal ja sage, dann will ich auch hundertprozentig dahinterstehen!« doziert Ma im Büro des Heimleiters.

Ihre Hände zittern, als sie die Kaffeetasse entgegennimmt. Vorsichtig hebt sie die Tasse an den Mund. Der Heimleiter nickt ihr anerkennend zu. Sie führt das Gespräch mit ihm. Evelien und ich, wir sitzen nur daneben und achten darauf, daß sich unsere Blicke nicht treffen. Sie gibt sich große Mühe. Umsichtig fördert sie zusammengesetzte Phrasen aus ihrer Vergangenheit zutage. Das Büro, in dem wir sitzen, bietet Aussicht auf einen Teil des Gartens. Eine Magnolie prangt einsam mitten in einem Kieselsteinkreis. Als die schweren Wolken aufreißen, steht sie einen Augenblick im vollen Sonnenlicht.

»Ich gehe davon aus, daß Sie mir genug Zeit zum Überlegen geben, wie ich mich entscheiden soll … äh …«

Ganz plötzlich, während draußen die Magnolienblüten wie rosaweiße Flammen zum Himmel lodern, wird mir klar, daß meine bescheidene Mutter die treibende Kraft im Unternehmen meines Vaters gewesen sein muß. Sie hat alles zusammengehalten. Sie traf alle wichtigen Entscheidungen und rettete das Unternehmen immer wieder vor dem finanziellen Abgrund. Mein Vater verstand nichts vom Geschäft. Er lief den Sekretärinnen hinterher und fiel auf Vertreter mit flottem

Mundwerk herein. An einen kann ich mich noch gut erinnern. Kunder hieß er, glaube ich. Als mein Vater einmal fluchte, weil ein Klient wieder nicht bezahlt hatte, gab dieser Kerl folgendes von sich: »Herr Wieringa, würden Sie bitte in meinem Beisein den Namen unseres Herrn nicht eitel in den Mund nehmen.« Kunder kassierte große Summen, ohne sie dem Betrieb abzuführen. Unterschlagung hielt er anscheinend nicht für eine Sünde vor Gott. Wenn es nach meinem Vater gegangen wäre, hätte dieser Kerl die Firma ruiniert. Meine Mutter gab ihm schließlich den Laufpaß.

»Ich möchte mir alles gut überlegen, bevor ich mich entscheide, obwohl ich sagen muß, mein erster Eindruck ist sehr positiv!«

Diese Floskeln habe ich von ihr früher auch gehört. Sie stand am Telefon und gab in fließendem Französisch die Korrektur einer Bestellung durch. Die elektronische Anlage solle nicht an das Schiff in Marseille, sondern an ein Hamburger Schiff geliefert werden. Das war nach ihrer Scheidung, als sie daheim die Büroarbeit erledigte. Zehn Jahre später verkaufte mein Vater die Firma.

Ich sah wieder vor mir, wie sie einen Steuerprüfer kochend vor Wut in die Küche drängte und die Kühlschranktür aufriß. Er wunderte sich, daß sie so wenig Geld für den Haushalt abzog, und glaubte, da sei etwas faul. »Sehen Sie doch selbst, wie wir uns einschränken«, hatte sie geschrien. »Wir stecken unser ganzes Geld in die Firma, die ist unser Brot!«

»Stecken wir das Geld lieber in die Firma«, sagte mein Vater immer, »ehe es der Fiskus schluckt.« Ich dachte als Kind immer, der Fiskus sei ein besonders dicker Onkel. Ein Vielfraß, der immer mehr in sich hineinstopfe.

Und wie war das damals, als die Firma beinahe bankrott machte? War das nicht nach Kunders Rausschmiß? Meine

Mutter kam tagelang nicht hinter dem Schreibtisch hervor. Französisch, Deutsch, Englisch ... sie wechselte die Sprachen am Telefon schneller, als wir überhaupt mitkriegten, wovon sie sprach. Von diesen endlosen Anrufen ist mir vor allem ihre rechte Hand in Erinnerung geblieben: Zwischen Daumen und Zeigefinger klemmte ein Stift, die anderen Finger waren gespreizt, und die Hand war abwehrend erhoben. Um uns auf der Schwelle erstarren zu lassen. Um zu verhindern, daß wir mitten in eine Rettungsaktion hineinplatzten, weil wir wissen wollten: »Ma, wo sind meine Turnsachen?«

Der Heimleiter rückt mit seinem Stuhl hin und her. Meine Mutter trinkt den letzten Schluck Kaffee aus, der nur in ihrer Vorstellung existiert.

»Ich gebe ehrlich zu, daß ich einen sehr positiven Eindruck mitnehme, aber ich muß natürlich doch, äh ... nun ja, ich will mich nicht auf Glatteis begeben!«

»Nein, Ma, natürlich nicht. Du kannst zu Hause in aller Ruhe darüber nachdenken. Dann gehen wir jetzt wieder. Wir können ja nicht ewig hierbleiben.«

Du wirst hier noch länger bleiben müssen, als dir lieb ist, denke ich voller Scham. Ich fange einen Blick von Evelien auf, die festzustellen versucht, was der Heimleiter für einen Eindruck bekommen hat. Ich helfe meiner Mutter in den Mantel und ziehe ihr den lavendelfarbenen Seidenschal zurecht. Was für eine nette alte Dame!

Später weiß sie nicht mehr, daß wir nach der Besichtigung des Gartens und des Aufenthaltsraums mit dem Fahrstuhl in die obere Etage fuhren und uns in einem Vierbettzimmer umsahen. Es wirkte nicht so fröhlich, vielleicht, weil hier keine orangefarbenen Tagesdecken auf den Betten lagen.

»Das ist der Schlafbereich«, hatte der Heimleiter gesagt.

»Wissen Sie, das erinnert mich sehr an mein Internat von früher. Da habe ich nicht die besten Erinnerungen!«

»Das ist fast siebzig Jahre her, Ma«, sagte Evelien. »Selbst in deinem Internat wird es jetzt anders aussehen. Klar ging es früher, als du ein junges Mädchen warst, anders zu!«

»Hier darfst du Herrenbesuch auf dem Zimmer empfangen!« flüsterte ich laut in das Ohr mit dem Hörgerät.

Sie lachte ungläubig. »Jaja, das könnte dir so passen!«

»Wenn Sie wollen, können Sie auch Ihren Vater zu uns bringen.«

Erschrocken sahen Evelien und ich uns an. Meine Mutter hatte nichts gehört.

»Davon würde ich Ihnen abraten«, rutschte es mir so heraus. »Er ist ein schwerer Fall.«

»Wir sind einiges gewöhnt.« Er zwinkerte meiner Mutter zu, die ihm zum Abschied die Hand gab und sich besorgt erkundigte: »Müssen Sie jetzt wieder den ganzen Weg zurückgehen?« Als wäre er mit dem Moped vom Nordpol gekommen.

Merkwürdigerweise hatte sie diesen Besuch nicht gleich vergessen. Den Groengrindhof behielt sie lange im Gedächtnis. Sie sprach mit Tante To und mit Teresa darüber. Bei Linda von der Hauspflege beklagte sie sich, daß sie die Schlafzimmer nicht zu sehen bekommen habe und nicht über die Kosten informiert worden sei. Und daß sich kein einziger Patient habe blicken lassen, das gäbe ihr natürlich zu denken!

Tante Mien rief meine Schwester an: »Wollt ihr denn eure Mutter wirklich in eine Anstalt stecken?«

Mir kommt es vor, als würde sie alle Reserven mobilisieren, um sich möglichst normal zu verhalten, meinte Evelien.

Ein Bett in einem Vierbettzimmer. Daneben ein Nachttisch und darüber eine Pinnwand. Oh mein Gott!

Muß es denn wirklich sein? Was sagt der Arzt? Wie ist es mit der Wartezeit? Wann sollen wir sie anmelden?

Evelien hat sich mit dem Direktor vom Abendrot unterhalten. Eigentlich sei meine Mutter schon zu krank für sein Pflegeheim, aber er würde sie aufnehmen, um uns einen Gefallen zu tun.

»Dort hätte sie wenigstens ein Einzelzimmer!«

Plötzlich kommt uns Pas Zimmer riesig vor. Vier mal vier! Eine phantastische Wohnung! Eine Villa! Nein, ein Palast! Hier kannst du dir noch einen Prinzen angeln, Ma!

»Nanu, du hier?«

»Du kannst ruhig bei mir einziehen, hörst du?« Er hatte die Zigarre aus dem Mund genommen und deutete mit dem Finger über seine Schulter in den Raum. »Dann stellen wir noch ein Bett auf.«

Ich hatte seinen Rollstuhl in die Sonne hinausgefahren und ein paar Klappstühle daneben plaziert. Evelien war auch hier. Meine Mutter fingerte in ihrem Schoß an einem Taschentuch herum. Sie hatte den Kopf tiefer als sonst gesenkt.

»Du kannst doch zu mir kommen.«

Verlegen schaute sie auf und lachte ein bißchen: »Nein, nein, ich bleibe besser, wo ich bin!«

»Du könntest hier ein eigenes Zimmer bekommen, Ma. Wäre das nicht schön, wenn du dich um nichts mehr kümmern brauchtest?« Evelien gab sich alle Mühe, Optimismus zu verbreiten.

»Bis jetzt habe ich immer noch für mich selbst sorgen können.« Das klang bitter. Als wäre ihr aufgefallen, daß sie als einzige dieser Meinung war.

Was möchtest du denn, Ma? Was willst du von uns hören? Und von Pa? Soll er dir endlich sagen, daß du deine Sache phantastisch gemacht hast? Daß du seine Kinder gut erzogen hast? Daß es ihm leid tut, daß du jetzt allein dem Ende deines Lebens entgegengehst? Daß er dir was besseres gewünscht hätte? Hat er sich je für seine Seitensprünge entschuldigt? Wartest du etwa darauf, Ma?

»Bei mir zu Hause hab' ich es gut.«

»Phh«, machte er grimmig und zuckte mit den Schultern. Er hielt sich ein Feuerzeug unter die Nase, um den Zigarrenstummel wieder anzuzünden. Er hatte die Einladung ernst gemeint!

»Was denkt er sich eigentlich? Wer hat denn was davon, wenn ich zu ihm ziehe?« hatte sie sich später im Taxi entrüstet. Er natürlich! Er wäre nicht mehr so einsam, das war klar. »Er denkt immer nur an sich!« Offensichtlich fühlte sie sich in seiner Gegenwart nicht besonders wohl. Obwohl ihr versagendes Gedächtnis große Stücke aus ihrem Leben tilgte, sprach sie doch immer wieder von ihrer »Scheißehe«. Und trotzdem ... Bildete sie sich ein, er werde sich bessern?

»Kannst du dich nicht mal beiläufig erkundigen, ob er sich freuen würde, wenn ich ihn besuchen komme?« bat sie mich manchmal.

Beim letzten Mal fragte sie: »Wie sieht er denn jetzt aus?«

»Er ist ganz schön abgemagert.«

»Er will bestimmt nicht mehr essen«, murmelte sie vor sich hin.

Daß sie sich daran erinnerte! Vor einem halben Jahr hatte er mir vorgejammert, er habe genug, er wolle am liebsten Schluß machen. Ob ich ihm keine Tabletten besorgen könne? Darauf hatte ich geantwortet, es würde ganz schnell gehen, wenn er sich ins Bett legen und nichts mehr essen oder trinken würde. Das dauert höchstens vierzehn Tage, Pa. Davon habe ich ihr erzählt, und sie hatte es sich gemerkt! Zu Evelien sagte sie kürzlich, daß sie eigentlich nicht mehr wolle. Was sie denn nicht mehr wolle, hatte Evelien gefragt. Möchtest du sterben? Nein, na ja, das nun auch wieder nicht, das sei so was Endgültiges.

Im Groengrindhof war mir der Sjoelbak aufgefallen. Bevor ich meine Mutter das nächste Mal besuchte, lieh ich mir so ein Ding bei meinen Nachbarn. Es war ein Sjoelbak für Kinder – der Holzkasten klein, ein bißchen verzogen, und die Scheiben leicht und ungleichmäßig.

»Oh je, was für ein großes Ding!« sagte sie, als ich die Treppe heraufkam. »Du fängst an!«

Ich setzte sie am Ende des Sjoelbaks auf einen Stuhl. Mit glänzenden Augen sah sie zu, wie die Scheiben aufeinanderprallten und in die Fächer glitten. Zweimal traf eine Scheibe mit einem dumpfen, trockenen Knall auf die Trennwand zwischen den Schlitzen.

»Holz!« rief sie.

Vierzig Jahre fielen von mir ab. Genau das hatten wir früher auch gerufen, um den Spieler aus dem Takt zu bringen. Holz!

»So kann ich mich nicht konzentrieren.«

Sie lachte. »Es war doch aber Holz!«

Nach der ersten Runde stapelte sie alle Scheiben aus den verschiedenen Fächern aufeinander.

»Nein, Ma, das war die erste Runde. Sie müssen zwar gestapelt werden, aber du darfst sie noch nicht aus ihren Fächern holen.«

Nach der dritten Runde hatte ich hundertdrei Punkte. Jetzt war sie an der Reihe. Plötzlich bekam ich Appetit auf

Kakao. Der gehörte zu diesem Spiel. Ein Becher heißer Kakao und Zimtgebäck. So spielten wir im Winter immer.

Meine Mutter fixierte die Schlitze, durch die die Holzscheiben hindurchgleiten mußten. Ihr Blick veränderte sich. Diese Augen waren nicht mehr leer! Konzentriert ließ sie die Scheiben über die Holzbahn gleiten, als würde ihr Leben davon abhängen. »Ein Bock!«

Ich schob die zwei übereinanderliegenden Scheiben zurück zu ihr. Sie traf gleich mit drei Scheiben hintereinander ins Ziel.

»Du bist ja in Fahrt!«

Die nächste Holzscheibe flog aus dem Kasten heraus. Ich rückte den Stuhl zur Seite und schaute nach, wohin sie gerollt war. Sie lachte: »Die kannst du nachher suchen! Du findest doch immer alles.«

Sei dir da nicht so sicher, Ma. Das runde Holzding finde ich vielleicht noch, aber alles andere? Ich habe nach einem Ort gesucht, an dem du gut aufgehoben bist. Der Groengrindhof. Gut aufgehoben, was heißt das eigentlich? Daß dir keine Sjoelscheiben um die Ohren fliegen?

»Holz!«

Sie lachte und traf wieder auf die Trennwand zwischen den Schlitzen.

Vierundsechzig Punkte.

Es war gar nicht so einfach, zu verlieren. Obwohl ich mit der linken Hand spielte, gewann ich jedesmal. Beim Punktezählen nahm ich ein paar Scheiben wieder aus den Fächern heraus.

»Die waren doch schon drin!«

»Nein, nein, wenn ich streng zu dir bin, muß ich auch streng zu mir sein. Die waren nicht richtig drin.«

Sie schmunzelte. »Ja, Gerechtigkeit muß sein.«

»Du hast gewonnen, Ma. Du hast drei Punkte mehr als ich.«

»Das hätte ich nicht gedacht.«

»Was für ein Reinfall!« sagte ich. »Da komme ich extra aus Amsterdam, um mit dir zu spielen, und dann gewinnst du auch noch!«

Sie grinste. »Aber nicht mit Absicht!«

»Das wäre ja noch schöner! Nicht mit Absicht!«

Sie strahlte. »Ich spiele nicht, um zu gewinnen.«

»Hinterher kann man das leicht sagen. Das ist doch peinlich für mich. Es gehört sich nicht, daß die Mutter die Tochter besiegt!«

Sie versuchte, sich das Lachen zu verbeißen.

»Und deswegen komme ich extra aus Amsterdam! Damit du immerzu ›Holz, Holz‹ rufst!«

Sie weinte Tränen vor Lachen und fiel fast vom Stuhl.

»Ich verspreche dir, daß ich beim nächsten Mal verlieren werde!« prustete sie.

Du verlierst oft genug, Ma. Die Demenz kann man nicht besiegen, Ma. Nicht einmal, wenn man mogelt.

Ich reise wieder einmal gen Norden. Ich sitze allein in einem Arbeitsabteil der ersten Klasse und betrachte mein Spiegelbild im Fenster. Hinterläßt die Demenz der Eltern irgendwelche Spuren? Im Fenster sehe ich mich doppelt. Hinterlassen zwei Eltern eine doppelte Spur? Wer hat auf meinem Stühlchen gesessen? Wer hat von meinem Tellerchen gegessen? Wer hat in meinem Bettchen geschlafen? Manchmal weißt du es, und manchmal weißt du es nicht, Ma. Wie oft bist du nachts durch das Haus gegeistert, ohne daß wir es erfahren haben? Wer hat in meinem Bettchen geschlafen? Wie oft warst du in Panik und hast es nicht einmal bis zum Telefon geschafft? Wer hat von meinem Tellerchen gegessen?

Linda hatte dich gefunden, als sie ihren Abenddienst antrat. Spät am Abend. Alles war dunkel, als sie das Haus betrat. Du warst weder im Wohnzimmer noch in der Küche, auf der Toilette oder im Schlafzimmer. Sie ging oben nachsehen. In deinem ehemaligen Büro fand sie dich. In Unterwäsche saßest du am Schreibtisch neben dem erloschenen Ofen. Ganz starr vor Kälte. Du mußt dort stundenlang gesessen haben. Evelien und ich hatten uns keine Gedanken gemacht, als du nicht ans Telefon gingst. Wir dachten, du wärst Teresa besuchen gegangen.

Die Tür meines Abteils öffnet sich.

»Einen Kaffee, bitte.«

Der Mann mit dem Getränkewagen stellt mir einen dampfenden Plastikbecher hin und legt eine Serviette, zwei Tütchen Zucker und ein Päckchen Milchpulver dazu. Mir zittern die Hände ein bißchen, als ich Geld aus dem Portemonnaie nehme. Ich habe eigentlich schon genug Kaffee getrunken. Er macht mich ganz kribbelig. Dann kann ich nicht mehr in Ruhe nachdenken. Und dabei brauche ich heute einen klaren Kopf. Morgen auch. Heute sortiere ich mit Evelien die Dinge aus, die du mitnehmen kannst. Morgen früh richten wir deinen Nachttisch ein, pinnen unsere Fotos an die Wand und unterhalten uns noch einmal mit der Leiterin deiner Abteilung. Nachmittags bringe ich dich dann ins Heim. Evelien sagt, sie sei dazu nicht imstande, aber ich möchte wetten, daß sie doch mitkommt. Als ich nach zahllosen Gesprächen und Formalitäten im Groengrindhof anrief und grünes Licht für deine Einlieferung gab, brach Evelien in Tränen aus. Sie stampfte mit dem Fuß und schrie: »Warum hat sie uns das aufgebürdet?« Zum Glück warst du nicht dabei.

Sie klingelte uns häufig aus dem Schlaf. Sie wußte nicht im entferntesten, wie spät es war. Oder wen sie anrufen wollte. Sie hatte in einem Anfall von Panik einfach irgendeine Taste auf dem Telefon gedrückt. Diese Anfälle häuften sich. Sie konnte keine Lampe mehr einschalten. In ihrer Phantasiewelt wußte sie nicht, ob es auf ihrer Abteilung eine Toilette gab und konnte kein Personal finden. Zweimal lasen die Nachbarn sie barfuß in der Umgebung des Hauses auf und brachten sie nach Hause. Gefährlich sei das schon, sagten die Nachbarn. Wenn sie nun an einen Drogensüchtigen geraten wäre! In dieser Gegend treiben sich viele Junkies herum.

»Sie müssen auch bedenken, was Sie ihrer Mutter vorenthalten, wenn Sie sie nicht ins Heim geben.«

Diese Worte des Sozialarbeiters betete ich mir und meiner Schwester so lange vor, bis ich uns überredet hatte.

»Ich habe immer wieder diese Zwangsvorstellung, daß ich gerade am Telefon mit ihr schwatze und höre, wie irgendein Verrückter mit einem Messer hereinkommt und auf sie einsticht ...«

»Hör auf, um Gottes willen!«

»Es stimmt schon, im Groengrindhof kann ihr nichts passieren.« Linda pflichtete uns zögernd bei.

Wenn du dort gut aufgehoben bist, wenn dir dort nichts passieren kann, Ma, warum tut es dann so weh, diese Entscheidung zu treffen? Warum zerreißt es uns das Herz? Wir schwanken zwischen Trauer und Zorn. Warum müssen wir das entscheiden? Wenn du dich nicht von Pa getrennt hättest, verdammt noch mal, könntet ihr jetzt zu zweit in einer geräumigen Seniorenwohnung sitzen. Vielleicht hättet ihr sogar noch eine Ferienwohnung in Spanien ... Nein, nein, entschuldige, Ma, du hast die richtige Entscheidung getroffen, auch für uns Kinder. Es ist nur schade, daß sich danach kein anderer Mann um dich bemüht hat!

Pa ist böse, weil du nicht bei ihm einziehen willst, Ma. Aber er ist böse auf die ganze Welt. Die Polizei war bei ihm. Der Nachbar aus dem Nebenzimmer hatte sich über die Unmengen Vogelfutter im Rasen vor der Tür beklagt.

»Was sagst du dazu, daß die Polizei gekommen ist?« fragte Evelien.

»Ist doch albern«, hatte er gebrummt. »Die können mich mal.«

Die Pflegerinnen haben die Außentür zugeschlossen und den Schlüssel mitgenommen. Er sitzt jetzt wirklich im Gefängnis.

»Nein, Pa, das ist kein Gefängnis. Du darfst nur kein Vogelfutter mehr streuen! Du kannst dich mit deinem Rollstuhl frei bewegen. Nur gehen kannst du nicht mehr!«

Evelien hat alle Geduld der Welt. Er starrt auf seine unglaublich dünn gewordenen Beine.

»Nein, ich kann nicht mehr gehen.« Er wird von seinem eigenen Leid übermannt und schüttelt den Kopf.

Er war etwas verwirrter als sonst, weil man sein Zimmer anders eingerichtet hatte. Vor allem mit einem größeren Bett ausgestattet. Einem mit Gitter davor. Wir haben nicht einmal gefragt, wie oft er aus dem Bett gefallen war. Was heißt das schon, hier kann ihm nichts passieren …

Genau wie bei dir, Ma. Jede Umstellung wirft dich aus der Bahn. Wie soll das bloß werden, nachher im Heim, wo dir alles fremd ist? Aber unser Entschluß steht nun mal fest.

»Weißt du, was er mir letztens gesagt hat?« Evelien hat sich seine Worte gemerkt: »Wenn du wieder weg bist, dann freut es mich erst richtig, daß du dagewesen bist. Dann denke ich mir: ›Hier hat sie gesessen, dort ist sie gegangen.‹«

Vielleicht hat er solche netten Sachen früher zu Truus gesagt. Zu meiner Mutter wohl kaum. Nicht wahr, Ma? Nie und nimmer. Aber er sagt sie jetzt wenigstens zu Evelien, an der er auch noch was gutzumachen hat. Sie ähnelt dir, Ma. Vielleicht hat er sie deswegen immer ausgeschimpft. Sie konnte ihm nichts recht machen. Jetzt schließt sich der Kreis. Jetzt sagt er:

»Es gibt nur ein Kind, das ich liebhabe, und das ist Evelien!«

»Er unterstrich seine Feststellung mit dem Qualm der Zigarre und redete an mir vorbei. Ich glaube, er hielt mich für eine Pflegerin. Da habe ich mich über ihn gebeugt und gefragt: ›Und wer bin ich?‹ ›Oh, Evelienchen!‹ Vor lauter Rührung ließ er die Zigarre zwischen die Beine fallen.«

Sie ähnelt dir wirklich, Ma: Sie tut viel um des lieben Friedens willen. Sie ist immer nett zu ihm gewesen, genau wie du. Ich nicht. Ich hatte eine große Klappe und keine Angst vor Auseinandersetzungen. Auch nicht an jenem Weihnachtsfest, als wir bei Evelien und Jacco waren und Pa ihren Hund mit Nußschokolade fütterte. Und mit Chips. Hee, siehst du, was Pa dort macht? Ich zeigte auf den Hund und das Salzgebäck auf dem Tisch. Evelien verzog den Mund zu einem Lächeln. Das läßt du zu? Es ist doch dein Hund! Ach ja, sagte sie, wenn es ihm doch Spaß macht. Wenn ihm das Spaß macht? Er vergiftet gerade euren Hund! Sie seufzte. Die unbequeme Schwester. »Wenn ich davon anfange, gibt es gleich wieder Streit.«

»Ach so. Du sagst also lieber nichts und läßt ihn …«

Ich steuerte direkt auf meinen Vater zu.

»Du darfst dem Hund keine Schokolade geben! Das verträgt er nicht. Hier hast du ein paar Hundekekse.« Ich legte ihm die Hundekekse auf den Couchtisch. Er fegte sie vom Tisch.

»Blödsinn! Dem Hund schmeckt das.«

Er grapschte sich die Schokolade und hielt sie dem Hund hin, der gierig danach happte. Ich nahm die Schalen mit dem Knabbergebäck vom Tisch.

»Hee, her damit!«

»Das ist nichts für Hunde!«

»Was geht dich das an?«

»Du gehst mich was an, und der Hund auch!«

Es hat eine Weile gedauert, bis sich die Stimmung wieder besserte. Natürlich war es meine Schuld. Um des lieben Friedens willen ... Jetzt sagt er Dinge zu ihr, die er früher nicht über die Lippen gebracht hätte. Sie darf noch einmal ihr Glück versuchen. Sie bekommt eine zweite Jugend. Denn früher, in unserer ersten Jugend, war Evelien gar nicht vorhanden. Der einzige, den es damals gab, war Karel, der einzige Stammhalter! Karel, der Held, der Goldjunge. Alles, was Karel machte, war phantastisch, großartig, famos. Karel glaubt das immer noch. Daß er auch großartig im Schikanieren war, hat er sicher vergessen.

»Mama kommt nicht zurück!« stichelte er einmal. Plötzlich bot mir das Zuhause keine Geborgenheit mehr, und die Siebenjährige rannte Hals über Kopf in die Innenstadt, zur Firma des Vaters. Ich holte meine Mutter häufig von der Arbeit ab, aber der Betrieb lag an einer Hauptverkehrsstraße, die ich nicht allein überqueren durfte. Schlotternd vor Angst blieb ich auf der gegenüberliegenden Straßenseite stehen und wartete, bis sie herauskam. Unbemerkt ging ich hinter ihr her und verlor sie auf dem Nachhauseweg keinen Moment aus den Augen. Das habe ich dir nie erzählt, Ma.

Jetzt muß ich Karel anrufen. Möchtest du mir das nicht abnehmen, Evelien? Seit wir die ersten offiziellen Schritte eingeleitet haben, habe ich das vor mir hergeschoben. Was soll ich ihm sagen? Hallo, wie geht's? Oder ganz knapp: Morgen bringen wir Mama in ein Pflegeheim, und sie kommt nicht mehr zurück? Bringe ich das über die Lippen? Es klingt so furchtbar endgültig.

Der Zug hält in dem Ort, wo Pas Haus steht. Keine Enten in Sicht. Es ist mitten im Sommer, und der Kanal ist voller Schilf. Vor einem Müllcontainer auf dem Bahnhofvorplatz balgen sich drei Krähen. Über dem Asphalt zittert die Luft. Ich zittere auch. Mir ist schlecht. Niemand steigt ein oder aus. Nur der Schaffner. Er pfeift. Wir fahren weiter.

Ich stehe auf, stecke die nackten Füße in die silbernen Sandalen und zupfe mein Kleid zurecht. In diesem Kleid habe ich einmal bei Pa die Fenster geputzt. Vor hundert Jahren. Ich nehme meinen kleinen Koffer aus dem Gepäcknetz, stelle ihn auf den roten Plüschsitz, angle den Lippenstift aus der Tasche und schaue in das dunkle Spieglein an der Wand, in dem kaum was zu erkennen ist. Schlafwandlerisch male ich mir in dem rüttelnden Zug die Lippen an. Den Überschuß an Rot wische ich mit den Fingern ab. Rot. Blut an meinen Händen. Ich lasse mich auf den Sitz fallen.

»Meine Damen und Herren, wir erreichen in Kürze die Endstation Ihrer Reise. Bitte alle aussteigen.«

Endstation Ihrer Reise. Meiner Reise? Wenn ich einfach im Abteil sitzenbleibe, fährt der Zug in genau neun Minuten wieder in die Gegenrichtung. Dann wäre nichts geschehen. Alles wäre geblieben, wie es war, und nichts hätte sich geändert. Einfach nur sitzenbleiben.

Ich presse die bemalten Lippen zusammen und hole tief Luft. Morgen werde ich Karel anrufen. Wie soll ich es ihm sagen? Vielleicht sollte ich es üben. Einmal laut vor mich hin sagen. Bringe ich das fertig?

Stahl schleift quietschend über Stahl, und der Zug fährt ein.

Ich rufe. Ich schreie. Ich flüstere.

»Mama kommt nicht mehr zurück.«

Die niederländische Originalausgabe erschien unter dem Titel
*Klein, stil en wit* bei Uitgeverij Aristos, Rotterdam



Lektorat: Linda Stift

Umschlaggestaltung: Robert Hollinger

Umschlagfoto: Thomas Gschwendter

Druck: Wiener Verlag, Himberg

Printed in Austria

ISBN 3-216-30460-4